ŒUVRES

POSTHUMES

DE M. DE MONTESQUIEU.

A LONDRES,

Et se trouve, A PARIS,

Chez DE BURE fils aîné, quai des Augustins.

M. DCC. LXXXIII.

(c.)

AVIS DE L'ÉDITEUR.

Monsieur de Montesquieu avoit pris bien de la peine pour poser des bornes entre le Despotisme & la Monarchie tempérée, qui lui sembloit le Gouvernement naturel des François ; mais comme il est toujours fort dangereux que la Monarchie ne tourne en Despotisme, il auroit voulu, s'il eût été possible, rendre le Despotisme même utile. Dans cette vue il a tracé la peinture la plus riante d'un Despote qui rend ses peuples heureux : il s'est peut-être flatté qu'un jour, en lisant son ouvrage, un Prince, une Reine, un Ministre, desireroient de ressembler à Arsace, à Isménie ou à Aspar, ou d'être eux-mêmes les modeles d'une peinture encore plus belle.

Au refte, plufieurs hommes peuvent être ou Defpotes, ou Rois dans leur famille, dans leur fociété, dans leurs emplois divers : nous pouvons tous faire notre profit de l'Efprit des Loix & de cet Ouvrage-ci.

L'Auteur voyoit l'empire que les Dames ont aujourd'hui fur les penfées des hommes : pour s'affurer les Difciples, il a cherché à fe rendre les Maîtres favorables; il a parlé la langue qui leur eft la plus familiere & la plus agréable : il a fait un Roman; il y a peint l'amour tel qu'il le fentoit, impétueux, rarement fombre, fouvent badin.

ARSACE
ET
ISMÉNIE,
HISTOIRE ORIENTALE.

Sur la fin du regne d'Artamene, la Bactriane fut agitée par des discordes civiles. Ce Prince mourut accablé d'ennuis, & laiſſa ſon trône à ſa fille Iſménie. Aſpar, premier eunuque du Palais, eut la principale direction des affaires. Il deſiroit beaucoup le bien de l'état, & il deſiroit fort peu le pouvoir. Il connoiſſoit les hommes, & jugeoit bien des événements. Son eſprit étoit naturellement conciliateur, & ſon ame ſembloit s'approcher de

A

toutes les autres. La paix, qu'on n'ofoit plus efpérer, fut rétablie. Tel fut le preftige d'Afpar; chacun rentra dans le devoir, & ignora prefque qu'il en fût forti. Sans effort & fans bruit, il favoit faire les grandes chofes.

La paix fut troublée par le Roi d'Hircanie. Il envoya des Ambaffadeurs pour demander Ifménie en mariage; &, fur fes refus, il entra dans la Bactriane. Cette entrée fut finguliere. Tantôt il paroiffoit armé de toutes piéces, & prêt à combattre fes ennemis; tantôt on le voyoit vêtu comme un amant que l'amour conduit auprès de fa maîtreffe. Il menoit avec lui tout ce qui étoit propre à un appareil de nôces; des danfeurs, des joueurs d'inftruments, des farceurs, des cuifiniers, des eunuques, des femmes ; & il menoit avec lui une formidable armée. Il écrivoit à la Reine les lettres du monde les plus tendres ; & d'un autre côté, il ravageoit tout le pays : un jour étoit employé à des festins, un autre à des expéditions militaires. Jamais on n'a vu une si parfaite image de la guerre & de la paix, & jamais il n'y eut tant de dissolution & tant de discipline. Un village fuyoit la cruauté du vainqueur ; un autre étoit dans la joie, les danses & les festins ; &, par un étrange caprice, il cherchoit deux choses incompatibles, de se faire craindre, & de se faire aimer. Il ne fut ni craint ni aimé. On opposa une armée à la sienne ; & une seule bataille finit la guerre. Un soldat nouvellement arrivé dans l'armée des Bac-

triens, fit des prodiges de valeur;
il perça jusqu'au lieu où combattoit
vaillamment le Roi d'Hircanie, & le
fit prisonnier. Il remit ce prince à
un officier; &, sans dire son nom, il
alloit rentrer dans la foule; mais
suivi par les acclamations, il fut
mené comme en triomphe à la tente
du général. Il parut devant lui avec
une noble assurance; il parla modes-
tement de son action. Le général lui
offrit des récompenses; il s'y montra insensible : il voulut le combler
d'honneurs; il y parut accoutumé.

Aspar jugea qu'un tel homme
n'étoit pas d'une naissance ordinaire.
Il le fit venir à la Cour; & quand il
le vit, il se confirma encore plus
dans cette pensée. Sa présence lui
donna de l'admiration; la tristesse
même qui paroissoit sur son visage

lui inspira du respect ; il loua sa valeur, & lui dit les choses les plus
flatteuses. Seigneur, (lui dit l'étranger,) excusez un malheureux que
l'horreur de sa situation rend presque
incapable de sentir vos bontés, &
encore plus d'y répondre. Ses yeux
se remplirent de larmes, & l'eunuque
en fut attendri. Soyez mon ami,
(lui dit-il ,) puisque vous êtes malheureux. Il y a un moment que je
vous admirois, à présent je vous
aime ; je voudrois vous consoler, &
que vous fissiez usage de ma raison
& de la vôtre. Venez prendre un
appartement dans mon palais ; celui
qui l'habite aime la vertu, & vous
n'y serez point étranger.

Le lendemain fut un jour de fête
pour tous les Bactriens. La Reine
sortit de son palais, suivie de toute

sa cour. Elle paroissoit sur son char
au milieu d'un peuple immense. Un
voile qui couvroit son visage laissoit
voir une taille charmante; ses traits
étoient cachés, & l'amour des peuples sembloit les leur montrer.

Elle descendit de son char, &
entra dans le temple. Les grands de
Bactriane étoient autour d'elle. Elle
se prosterna, & adora les Dieux
dans le silence; puis elle leva son
voile, se recueillit, & dit à haute
voix :

Dieux immortels! la Reine de
Bactriane vient vous rendre graces
de la victoire que vous lui avez donnée. Mettez le comble à vos faveurs,
en ne permettant jamais qu'elle en
abuse. Faites qu'elle n'ait ni passions, ni foiblesses, ni caprices; que
ses craintes soient de faire le mal,

fes efpérances de faire le bien ; &
puifqu'elle ne peut être heureufe.....
(dit-elle d'une voix que les fangots
parurent arrêter,) faites du moins
que fon peuple le foit.

Les prêtres finirent les cérémo-
nies prefcrites pour le culte des
Dieux; la Reine fortit du temple,
remonta fur fon char, & le peuple
la fuivit jufqu'au palais.

Quelques moments après, Afpar
rentra chez lui; il cherchoit l'étranger, & il le trouva dans une affreufe
trifteffe. Il s'affit auprès de lui, &
ayant fait retirer tout le monde, il
lui dit : Je vous conjure de vous
ouvrir à moi. Croyez-vous qu'un
cœur agité ne trouve point de douceur à confier fes peines ? C'eft
comme fi l'on fe repofoit dans un
lieu plus tranquille. Il faudroit ,

lui dit l'étranger, vous raconter
tous les événements de ma vie. C'eſt
ce que je vous demande, reprit
Aſpar; vous parlerez à un homme
ſenſible : ne me cachez rien ; tout
eſt important devant l'amitié.

Ce n'étoit pas ſeulement la ten-
dreſſe & un ſentiment de pitié qui
donnoit cette curioſité à Aſpar. Il
vouloit attacher cet homme extraordinaire à la cour de Bactriane ; il
deſiroit de connoître à fond un
homme qui étoit déja dans l'ordre
de ſes deſſeins, & qu'il deſtinoit
dans ſa penſée aux plus grandes
choſes.

L'étranger ſe recueillit un moment, & commença ainſi :

L'amour a fait tout le bonheur
& tout le malheur de ma vie. D'a-
bord il l'avoit ſemée de peines & de

plaifirs; il n'y a laiffé dans la fuite que les pleurs, les plaintes & les regrets.

Je fuis né dans la Médie, & je puis compter d'illuftres aïeux. Mon pere remporta de grandes victoires à la tête des armées des Medes. Je le perdis dans mon enfance, & ceux qui m'éleverent me firent regarder fes vertus comme la plus belle partie de fon héritage.

A l'âge de quinze ans on m'établit. On ne me donna point ce nombre prodigieux de femmes dont on accable en Médie les gens de ma naiffance. On voulut fuivre la nature, & m'apprendre que, fi les befoins des fens étoient bornés, ceux du cœur l'étoient encore davantage.

Ardafire n'étoit pas plus diftinguée de mes autres femmes par fon

Av

rang que par mon amour. Elle avoit
une fierté mêlée de quelque chofe
de fi tendre, fes fentiments étoient
fi nobles, fi différents de ceux qu'une
complaifance éternelle met dans le
cœur des femmes d'Afie; elle avoit
d'ailleurs tant de beauté, que mes
yeux ne virent qu'elle, & mon cœur
ignora les autres.

Sa phyfionomie étoit ravifante,
fa taille, fon air, fes graces, le fon
de fa voix, le charme de fes difcours,
tout m'enchantoit. Je voulois toujours l'entendre; je ne me laffois
jamais de la voir. Il n'y avoit rien
pour moi de fi parfait dans la nature;
mon imagination ne pouvoit me
dire que ce que je trouvois en elle;
& quand je penfois au bonheur dont
les humains peuvent être capables,
je voyois toujours le mien.

Ma naiſſance, mes richeſſes, mon âge, & quelques avantages perſonnels déterminerent le Roi à me donner ſa fille. C'eſt une coutume inviolable des Medes, que ceux qui reçoivent un pareil honneur renvoient toutes leurs femmes. Je ne vis dans cette grande alliance que la perte de ce que j'avois dans le monde de plus cher ; mais il me fallut dévorer mes larmes, & montrer de la gaieté. Pendant que toute la cour me félicitoit d'une faveur dont elle eſt toujours enivrée, Ardaſire ne demandoit point à me voir, & moi je craignois ſa préſence, & je la cherchois. J'allai dans ſon appartement ; j'étois déſolé. Ardaſire, lui dis-je, je vous perds . . . . Mais, ſans me faire ni careſſes ni reproches, ſans lever les yeux, ſans verſer

A vj

de larmes, elle garda un profond
silence; une pâleur mortelle paroiffoit fur fon vifage, & j'y voyois une
certaine indignation mêlée de défefpoir.

Je voulus l'embraffer; elle me
parut glacée, & je ne lui fentis de
mouvement que pour échapper de
mes bras.

Ce ne fut point la crainte de
mourir qui me fit accepter la princeffe, &, fi je n'avois tremblé pour
Ardafire, je me ferois fans doute
expofé à la plus affreufe vengeance.
Mais quand je me repréfentois que
fa mort feroit infailliblement fuivie
de mon refus, mon efprit fe con-
fondoit, & je m'abandonnois à mon
malheur.

Je fus conduit dans le palais du
Roi, & il ne me fut plus permis

d'en fortir. Je vis ce lieu fait pour l'abattement de tous, & les délices d'un feul; ce lieu où, malgré le filence, les foupirs de l'amour font à peine entendus; ce lieu, où regne la tristeffe & la magnificence, où tout ce qui eft inanimé eft riant, & tout ce qui a de la vie eft fombre, où tout fe meut avec le maître, & tout s'engourdit avec lui.

Je fus préfenté le même jour à la princeffe; elle pouvoit m'accabler de fes regards, & il ne me fut pas permis de lever les miens. Etrange effet de la grandeur! Si fes yeux pouvoient parler, les miens ne pou- voient répondre. Deux eunuques avoient un poignard à la main, prêts à expier dans mon fang l'affront de la regarder.

Quel état pour un cœur comme

le mien d'aller porter dans mon lit l'efclavage de la cour, fufpendu entre les caprices & les dédains fuperbes, de ne fentir plus que le refpect, & de perdre pour jamais ce qui peut faire la confolation de la fervitude même, la douceur d'aimer & d'être aimé!

Mais quelle fut ma fituation, lorfqu'un eunuque de la princeffe vint me faire figner l'ordre de faire fortir de mon palais toutes mes femmes. Signez, me dit-il, fentez la douceur de ce commandement : je rendrai compte à la princeffe de votre promptitude à obéir. Mon vifage fe couvrit de larmes; j'avois commencé d'écrire, & je m'arrêtai. De grace, dis-je à l'eunuque, attendez ; je me meurs....... Seigneur, me dit-il, il y va de votre tête &

de la mienne; fignez : nous commençons à devenir coupables; on compte
les moments ; je devrois être de retour. Ma main tremblante ou rapide
(car mon efprit étoit perdu) traça
les caracteres les plus funeftes que
je puffe former.

Mes femmes furent enlevées la
veille de mon mariage; mais Ardafire, qui avoit gagné un de mes
eunuques, mit une efclave de fa
taille & de fon air fous fes voiles &
fes habits, & fe cacha dans un lieu
fecret. Elle avoit fait entendre à
l'eunuque qu'elle vouloit fe retirer
parmi les prêtreffes des dieux.

Ardafire avoit l'ame trop haute
pour qu'une loi, qui fans aucun fujet
privoit de leur état des femmes légitimes, pût lui paroître faite pour
elle. L'abus du pouvoir ne lui faifoit

point refpecter le pouvoir. Elle appelloit de cette tyrannie à la nature,
& de fon impuiffance à fon défefpoir.

La cérémonie du mariage fe fit
dans le palais. Je menai la princeffe
dans ma maifon. Là les concerts ,
les danfes, les feftins, tout parut
exprimer une joie que mon cœur
étoit bien éloigné de fentir.

La nuit étant venue, toute la
cour nous quitta. Les eunuques con-
duifirent la princeffe dans fon appartement : hélas! c'étoit celui où j'a-
vois fait tant de ferments à Ardafire.
Je me retirai dans le mien plein de
rage & de défefpoir.

Le moment fixé pour l'hymen
arriva. J'entrai dans ce corridor,
prefque inconnu dans ma maifon
même, par où l'amour m'avoit con-

duit tant de fois. Je marchois dans les ténebres , feul , trifte, pénfif , quand tout-à-coup un flambeau fut découvert. Ardafire, un poignard à la main, parut devant moi. Arface, dit-elle, allez dire à votre nouvelle époufe que je meurs ici ; dites-lui que j'ai difputé votre cœur jufqu'au dernier foupir. Elle alloit fe frapper ; j'arrêtai fa main. Ardafire, m'écriai-je, quel affreux fpectacle veux-tu me donner !.... & lui ouvrant mes bras : commence par frapper celui qui a cédé le premier à une loi barbare. Je la vis pâlir, & le poignard lui tomba des mains. Je l'embraffai, & je ne fais par quel charme, mon ame fembla fe calmer. Je tenois ce cher objet ; je me livrai tout entier au plaifir d'aimer. Tout , jufqu'à l'idée de mon malheur, fuyoit de

ma penfée. Je croyois poſséder Ardaſire, & il me ſembloit que je ne
pouvois plus la perdre. Etrange effet
de l'amour! Mon cœur s'échauffoit,
& mon ame devenoit tranquille.

Les paroles d'Ardaſire me rappel-
lerent à moi-même. Arſace, me
dit-elle, quittons ces lieux infortunés; fuyons. Que craignons-nous?
nous ſavons aimer & mourir....
Ardaſire, lui dis-je, je jure que vous
ſerez toujours à moi; vous y ſerez
comme ſi vous ne ſortiez jamais de
ces bras: je ne me ſéparerai jamais
de vous. J'atteſte les dieux que vous
ſeule ferez le bonheur de ma vie....
Vous me propoſez un généreux
deſſein: l'amour me l'avoit inſpiré:
il me l'inſpire encore par vous; vous
allez voir ſi je vous aime.

Je la quittai, & plein d'impatience

& d'amour, j'allai par-tout donner mes ordres. La porte de l'appartement de la princeffe fut fermée. Je pris tout ce que je pus emporter d'or & de pierreries. Je fis prendre à mes efclaves divers chemins, & partis feul avec Ardafire dans l'horreur de la nuit; efpérant tout, craignant tout, perdant quelquefois mon audace naturelle, faifi par toutes les paffions, quelquefois par les remords mêmes, ne fachant fi je fuivois mon devoir, ou l'amour, qui le fait oublier.

Je ne vous dirai point les périls infinis que nous courûmes. Ardafire, malgré la foibleffe de fon fexe, m'encourageoit; elle étoit mourant ; & elle me fuivoit toujours. Je fuyois la préfence des hommes; car tous les hommes étoient devenus mes

ennemis : je ne cherchois que les
déferts. J'arrivai dans ces montagnes
qui font remplies de tigres & de
lions. La préfence de ces animaux
me raffuroit. Ce n'eft point ici,
difois-je à Ardafire, que les eunuques de la princeffe & les gardes du
roi de Médie viendront nous chercher. Mais enfin les bêtes féroces
fe multiplierent tellement, que je
commençai à craindre. Je faifois
tomber à coups de fleches celles qui
s'approchoient trop près de nous ;
car, au lieu de me charger des chofes
néceffaires à la vie, je m'étois muni
d'armes qui pouvóient par-tout me
les procurer. Preffé de toutes parts,
je fis du feu avec des cailloux ; j'al-
lumai du bois fec ; je paffois la nuit
auprès de ces feux, & je faifois du
bruit avec mes armes. Quelquefois

je mettois le feu aux forêts, & je chaffois devant moi ces bêtes intimidées. J'entrai dans un pays plus ouvert, & j'admirai ce vafte filence de la nature. Il me repréfentoit ce temps où les dieux naquirent, & où la beauté parut la premiere ; l'amour l'échauffa, & tout fut animé.

Enfin nous fortîmes de la Médie. Ce fut dans une cabane de pafteurs que je me crus le maître du monde, & que je pus dire que j'étois à Ardafire, & qu'Ardafire étoit à moi.

Nous arrivâmes dans la Margiane ; nos efclaves nous y rejoignirent. Là, nous vécûmes à la campagne, loin du monde & du bruit. Charmés l'un de l'autre, nous nous entretenions de nos plaifirs préfents & de nos peines paffées.

Ardafire me racontoit quels

avoient été ses sentiments dans tout le temps qu'on nous avoit arrachés l'un à l'autre, ses jalousies pendant qu'elle crut que je ne l'aimois plus, sa douleur quand elle vit que je l'aimois encore, sa fureur contre une loi barbare, sa colere contre moi qui m'y soumettois. Elle avoit d'abord formé le dessein d'immoler la princesse ; elle avoit rejetté cette idée : elle auroit trouvé du plaisir à mourir à mes yeux ; elle n'avoit point douté que je fusse attendri. Quand j'étois dans ses bras, disoit-elle, quand elle me proposa de quitter ma patrie, elle étoit déja sûre de moi.

Ardasire n'avoit jamais été si heureuse ; elle étoit charmée. Nous ne vivions point dans le faste de la Médie ; mais nos mœurs étoient plus douces. Elle voyoit dans tout ce que

nous avions perdu, les grands facri-
fices que je lui avois faits. Elle étoit
feule avec moi. Dans les ferrails,
dans ces lieux de délices, on trouve
toujours l'idée d'une rivale, & lorfqu'on y jouit de ce qu'on aime,
plus on aime, & plus on eft alarmé.

Mais Ardafire n'avoit aucune
défiance ; le cœur étoit affuré du
cœur. Il femble qu'un tel amour
donne un air riant à tout ce qui
nous entoure, & que, parcequ'un
objet nous plaît, il ordonne à toute
la nature de nous plaire ; il femble
qu'un tel amour foit cette enfance
aimable devant qui tout fe joue , &
qui fourit toujours.

Je fens une efpece de douceur à
vous parler de cet heureux temps de
notre vie. Quelquefois je perdois
Ardafire dans les bois, & je la re-

trouvois aux accents de fa voix charmante. Elle fe paroit des fleurs que
je cueillois ; je me parois de celles
qu'elle avoit cueillies. Le chant des
oifeaux, le murmure des fontaines,
les danfes & les concerts de nos
jeunes efclaves, une douceur par-
tout répandue étoient des témoigna-
ges continuels de notre bonheur.

Tantôt Ardafire étoit une bergere
qui, fans parure & fans ornements,
fe montroit à moi avec fa naïveté
naturelle ; tantôt je la voyois telle
qu'elle étoit lorfque j'étois enchanté
dans le ferrail de Médie.

Ardafire occupoit fes femmes à
des ouvrages charmants : elles fi-
loient la laine d'Hircanie ; elles em-
ployoient la pourpre de Tyr. Toute
la maifon goûtoit une joie naïve.
Nous defcendions avec plaifir à l'é-
galité

galité de la nature ; nous étions heureux, & nous voulions vivre avec des gens qui le fussent. Le bonheur faux rend les hommes durs & superbes, & ce bonheur ne se communique point. Le vrai bonheur les rend doux & sensibles, & ce bonheur se partage toujours.

Je me souviens qu'Ardasire fit le mariage d'une de ses favorites avec un de mes affranchis. L'amour & la jeunesse avoient formé cet hymen. La favorite dit à Ardasire : ce jour est aussi le premier jour de votre hyménée. Tous les jours de ma vie, répondit-elle, seront ce premier jour.

Vous serez peut-être surpris qu'exilé & proscrit de la Médie, n'ayant eu qu'un moment pour me préparer à partir, ne pouvant emporter que l'argent & les pierreries,

B

qui se trouvoient sous ma main, je
pusse avoir assez de richesses dans la
Margiane pour y avoir un palais,
un grand nombre de domestiques,
& toutes sortes de commodités pour
la vie. J'en fus surpris moi-même,
& je le suis encore. Par une fatalité
que je ne saurois vous expliquer, je
ne voyois aucune ressource, & j'en
trouvois par-tout. L'or, les pierreries, les bijoux sembloient se pré-
senter à moi. C'étoient des hasards,
me direz-vous. Mais des hasards si
réitérés & perpétuellement les mêmes, ne pouvoient gueres être des
hasards. Ardasire crut d'abord que
je voulois la surprendre, & que j'a-
vois porté des richesses qu'elle ne
connoissoit pas. Je crus à mon tour
qu'elle en avoit qui m'étoient inconnues. Mais nous vîmes bien l'un,

& l'autre que nous étions dans l'erreur. Je trouvai plusieurs fois dans ma chambre des rouleaux où il y avoit plusieurs centaines de dariques; Ardasire trouvoit dans la sienne des boîtes pleines de pierreries. Un jour que je me promenois dans mon jardin, un petit coffre plein de pieces d'or parut à mes yeux, & j'en apperçus un autre dans le creux d'un chêne sous lequel j'allois ordinairement me reposer. Je passe le reste. J'étois sûr qu'il n'y avoit pas un seul homme dans la Médie qui eût quelque connoissance du lieu où je m'étois retiré; & d'ailleurs je savois que je n'avois aucun secours à attendre de ce côté-là. Je me creusois la tête pour pénétrer d'où me venoient ces secours. Toutes les conjectures que je faisois se détruisoient les unes les autres.

On fait, dit Afpar en interrompant Arface, des contes merveilleux de certains génies puiffants qui s'attachent aux hommes, & leur font de grands biens. Rien de ce que j'ai oui dire là-deffus n'a fait impreffion fur mon efprit; mais ce que j'entends m'étonne davantage : vous dites ce que vous avez éprouvé, & non pas ce que vous avez oui dire.

Soit que ces fecours (reprit Arface) fuffent humains ou furnaturels, il eft certain qu'ils ne me manquerent jamais, & que, de la même maniere qu'une infinité de géns trouvent par-tout la mifere, je trouvai par-tout les richeffes ; &, ce qui vous furprendra, elles venoient toujours à point nommé : je n'ai jamais vu mon tréfor prêt à finir qu'un nouveau n'ait d'abord reparu ; tant l'intelligence qui veilloit fur nous étoit attentive. Il y a plus; ce n'étoit pas feulement nos befoins qui étoient prévenus ; mais fouvent nos fantaifies. Je n'aime gueres, ajouta-t-il, à dire des chofes merveilleufes. Je vous dis ce que je fuis forcé de croire, & non pas ce qu'il faut que vous croyiez.

La veille du mariage de la favorite, un jeune homme beau comme l'amour vint me porter un panier de très beau fruit. Je lui donnai quelques pieces d'argent; il les prit, laiffa le panier, & ne parut plus. Je portai le panier à Ardafire ; je le trouvai plus pefant que je ne penfois. Nous mangeâmes le fruit, & nous trouvâmes que le fond étoit plein de dariques. C'eft le génie, dit-on dans toute la maifon, qui a apporté

un tréfor ici pour les dépenfes des
noces.

Je fuis convaincue, difoit Ardafire, que c'eft un génie qui fait ces
prodiges en notre faveur. Aux intel-
ligences fupérieures à nous rien ne
doit être plus agréable que l'amour :
l'amour feul a une perfection qui
peut nous élever jufqu'à elles. Arface,
c'eft un génie qui connoît mon cœur,
& qui voit à quel point je vous
aime. Je voudrois le voir, & qu'il
pût me dire à quel point vous m'aimez.

Je reprends ma narration.

La paffion d'Ardafire & la mienne
prirent des impreffions de notre différente éducation & de nos différents caracteres. Ardafire ne refpi-
roit que pour aimer ; fa paffion étoit
fa vie ; toute fon ame étoit de l'a-

mour. Il n'étoit pas en elle de m'aimer moins ; elle ne pouvoit non plus m'aimer davantage. Moi, je parus aimer avec plus d'emportement, parcequ'il fembloit que je n'aimois pas toujours de même. Ardafire feule étoit capable de m'occuper ; mais il y eut des chofes qui purent me diftraire. Je fuivois les cerfs dans les forêts, & j'allois combattre les bêtes féroces.

Bientôt je m'imaginai que je menois une vie trop obfcure. Je me trouve, difois-je, dans les états du Roi de Margiane : pourquoi n'irois-je point à la cour ? La gloire de mon pere venoit s'offrir à mon efprit. C'eft un poids bien pefant qu'un grand nom à foutenir, quand les vertus des hommes ordinaires font moins le terme où il faut s'arrêter, que celui dont on doit partir. Il semble que les engagements que les autres prennent pour nous soient plus forts que ceux que nous prenons nous-mêmes. Quand j'étois en Médie, disois-je, il falloit que je m'abaissasse & que je cachasse avec plus de soin mes vertus que mes vices. Si je n'étois pas esclave de la cour, je l'étois de sa jalousie. Mais à présent que je me vois maître de moi, que je suis indépendant, parce-que je suis sans patrie, libre au milieu des forêts comme les lions, je commencerai à avoir une ame commune si je reste un homme commun.

Je m'accoutumai peu-à-peu à ces idées. Il est attaché à la nature qu'à mesure que nous sommes heureux, nous voulons l'être davantage. Dans

la félicité même il y a des impatien-
ces. C'est que, comme notre esprit
est une suite d'idées, notre cœur est
une suite de desirs. Quand nous
sentons que notre bonheur ne peut
plus s'augmenter, nous voulons lui
donner une modification nouvelle.
Quelquefois mon ambition étoit
irritée par mon amour même : j'es-
pérois que je serois plus digne d'Ardasire, &, malgré ses prieres, malgré
ses larmes, je la quittai.

Je ne vous dirai point l'affreuse
violence que je me fis. Je fus cent
fois sur le point de revenir. Je voulois m'aller jetter aux genoux d'Ardasire ; mais la honte de me dé-
mentir, la certitude que je n'aurois
plus la force de me séparer d'elle,
l'habitude que j'avois prise de commander à mon cœur des choses

difficiles ; tout cela me fit continuer mon chemin.

Je fus reçu du Roi avec toutes
fortes de diſtinctions. A peine eus-
je le temps de m'appercevoir que je
fuſſe étranger. J'étois de toutes les
parties de plaiſir : il me préféra à
tous ceux de mon âge, & il n'y eut
point de rang ni de dignité que je
ne puſſe eſpérer dans la Margiane.

J'eus bientôt une occaſion de
juſtifier ſa faveur. La cour de Margiane vivoit depuis long-temps dans
une profonde paix. Elle apprit qu'une
multitude infinie de Barbares s'étoit
préſentée ſur la frontiere, qu'elle
avoit taillé en pieces l'armée qu'on
lui avoit oppoſée, & qu'elle mar-
choit à grands pas vers la capitale.
Quand la ville auroit été priſe d'aſ-
faut, la cour ne ſeroit pas tombée

dans une plus affreufe confterna-
tion. Ces gens-là n'avoient jamais
connu que la profpérité. Ils ne favoient pas diftinguer les malheurs
d'avec les malheurs, & ce qui peut
fe rétablir d'avec ce qui eft irrépa-
rable. On affembla à la hâte un
confeil, &, comme j'étois auprès du
Roi, je fus de ce confeil. Le Roi
étoit éperdu, & fes confeillers n'a-
voient plus de fens. Il étoit clair
qu'il étoit impoffible de les fauver,
fi on ne leur rendoit le courage. Le
premier miniftre ouvrit les avis. Il
propofa de faire fauver le Roi, &
d'envoyer au général ennemi les
clefs de la ville. Il alloit dire fes
raifons, & tout le confeil alloit les
fuivre. Je me levai pendant qu'il
parloit, & je lui tins ce difcours:
Si tu dis encore un mot, je te tue.

B vj

Il ne faut pas qu'un Roi magnanime
& tous les braves gens qui font ici
perdent un temps précieux à écouter
tes lâches confeils. Et me tournant
vers le Roi : Seigneur , un grand
état ne tombe pas d'un feul coup.
Vous avez une infinité de reffources,
& quand vous n'en aurez plus , vous
délibérerez avec cet homme fi vous
devez mourir , ou fuivre de lâches
confeils. Amis , je jure avec vous
que nous défendrons le Roi jufqu'au
dernier foupir. Suivons-le , armons
le peuple , & faifons-lui part de
notre courage.

On fe mit en défenfe dans la
ville , & je me faifis d'un pofte au
dehors avec une troupe de gens
d'élite , compofée de Margiens &
de quelques braves gens qui étoient
à moi. Nous battîmes plufieurs de

leurs partis. Un corps de cavalerie empêchoit qu'on ne leur envoyât des vivres. Ils n'avoient point de machines pour faire le fiege de la ville. Notre corps d'armée groffiffoit tous les jours. Ils fe retirerent, & la Margiane fut délivrée.

Dans le bruit & le tumulte de cette cour, je ne goûtois que de fauffes joies. Ardafire me manquoit partout, & toujours mon cœur fe tournoit vers elle. J'avois connu mon bonheur, & je l'avois fui; j'avois quitté des plaifirs réels, pour chercher des erreurs.

Ardafire depuis mon départ n'avoit point eu de fentiment qui n'eût d'abord été combattu par un autre. Elle avoit toutes les paffions; elle n'étoit contente d'aucune. Elle vouloit fe taire; elle vouloit fe plaindre;

elle prenoit la plume pour m'écrire ;
le dépit lui faifoit changer de penfées ; elle ne pouvoit fe réfoudre à
me marquer de la fenfibilité, encore
moins de l'indifférence ; mais enfin
la douleur de fon ame fixa fes réfo-
lutions, & elle m'écrivit cette lettre.

« Si vous aviez gardé dans votre
« cœur le moindre fentiment de
« pitié, vous ne m'auriez jamais
« quittée ; vous auriez répondu à un
« amour fi tendre, & refpecté nos
« malheurs ; vous m'auriez facrifié
« des idées vaines ; cruel ! vous croi-
« riez perdre quelque chofe en per-
« dant un cœur qui ne brûle que
« pour vous. Comment pouvez-vous
« favoir fi, ne vous voyant plus,
« j'aurai le courage de foutenir la
« vie ? Et fi je meurs, barbare ! pou-
« vez-vous douter que ce ne foit

« par vous? Oh Dieux ! par vous,
« Arface ! Mon amour, fi induf-
« trieux à s'affliger, ne m'avoit ja-
« mais fait craindre ce genre de fup-
« plice. Je croyois que je n'aurois
« jamais à pleurer que vos malheurs,
« & que je ferois toute ma vie in-
« fenfible fur les miens….

Je ne pus lire cette lettre fans
verfer des larmes. Mon cœur fut
faifi de triftefle, & au fentiment de
pitié fe joignit un cruel remords de
faire le malheur de ce que j'aimois
plus que ma vie.

Il me vint dans l'efprit d'engager
Ardafire à venir à la cour : je ne
reftai fur cette idée qu'un moment.

La cour de Margiane eft prefque
la feule d'Afie où les femmes ne
font point féparées du commerce
des hommes. Le Roi étoit jeune :

je penfai qu'il pouvoit tout, & je penfai qu'il pouvoit aimer. Ardafire auroit pu lui plaire, & cette idée étoit pour moi plus effrayante que mille morts.

Je n'avois d'autre parti à prendre que de retourner auprès d'elle. Vous ferez étonné quand vous faurez ce qui m'arrêta.

J'attendois à tout moment des marques brillantes de la reconnoif-fance du Roi. Je m'imaginai que, paroiffant aux yeux d'Ardafire avec un nouvel éclat, je me juftifierois plus aifément auprès d'elle. Je penfai qu'elle m'en aimeroit plus, & je goûtois d'avance le plaifir d'aller porter ma nouvelle fortune à fes pieds.

Je lui appris la raifon qui me fai-foit différer mon départ; & ce fut cela même qui la mit au défefpoir.

Ma faveur auprès du Roi avoit
été fi rapide, qu'on l'attribua au
goût que la princeffe fœur du Roi
avoit paru avoir pour moi. C'eft une
de cos chofes que l'on croit toujours,
lorfqu'elles ont été dites une fois.
Un efclave qu'Ardafire avoit mis
auprès de moi lui écrivit ce qu'il
avoit entendu dire. L'idée d'une
rivale fut défolante pour elle. Ce fut
bien pis, lorfqu'elle apprit les actions
que je venois de faire. Elle ne douta
point que tant de gloire ne dût
augmenter l'amour. Je ne fuis point
Princeffe, difoit-elle dans fon indignation ; mais je fens bien qu'il
n'y en a aucune fur la terre que je
croie mériter que je lui cede un
cœur qui doit être à moi; &, fi je
l'ai fait voir en Médie, je le ferai
voir en Margiane.

Après mille penſées, elle ſe fixa, & prit cette réſolution.

Elle ſe défit de la plupart de ſes eſclaves, en choiſit de nouveaux, envoya meubler un palais dans le pays des Sogdiens, ſe déguiſa, prit avec elle des eunuques qui ne m'é-toient pas connus, vint ſecrète-ment à la cour. Elle s'aboucha avec l'eſclave qui lui étoit affidé, & prit avec lui des meſures pour m'enlever dès le lendemain. Je devois aller me baigner dans la riviere. L'eſclave me mena dans un endroit du rivage où Ardaſire m'attendoit. J'étois à peine déshabillé, qu'on me ſaiſit ; on jetta ſur moi une robe de femme ; on me fit entrer dans une litiere fermée : on marcha jour & nuit. Nous eûmes bientôt quitté la Margiane, & nous arrivâmes dans le pays des Sogdiens.

On m'enferma dans un vaste palais : on me faisoit entendre que la princesse, qu'on disoit avoir du goût pour moi, m'avoit fait enlever & conduire secrètement dans une terre de son apanage.

Ardasire ne vouloit point être connue, ni que je fusse connu : elle cherchoit à jouir de mon erreur. Tous ceux qui n'étoient pas du secret la prenoient pour la princesse. Mais un homme enfermé dans son palais auroit démenti son caractere. On me laissa donc mes habits de femme, & on crut que j'étois une fille nouvellement achetée & destinée à la servir.

J'étois dans ma dix-septieme année. On disoit que j'avois toute la fraîcheur de la jeunesse, & on me louoit sur ma beauté, comme si j'eusse été une fille du palais.

Ardalire, qui favoit que la paffion pour la gloire m'avoit déterminé à la quitter, fongea à amollir mon courage par toutes fortes de moyens. Je fus mis entre les mains de deux eunuques. On paffoit les journées à me parer; on compofoit mon teint; on me baignoit; on verfoit fur moi les effences les plus délicieufes. Je ne fortois jamais de la maifon; on m'apprenoit à travailler moi-même à ma parure; & fur-tout on voiloit m'accoutumer à cette obéiffance fous laquelle les femmes font abattues dans les grands ferrails d'Orient.

J'étois indigné de me voir traité ainfi. Il n'y a rien que je n'euffe ofé pour rompre mes chaînes; mais, me voyant fans armes, entouré de gens qui avoient toujours les yeux fur

moi, je ne craignois pas d'entreprendre, mais de manquer mon entreprife. J'efpérois que dans la fuite
je ferois moins foigneufement gardé,
que je pourrois corrompre quelque
efclave, & fortir de ce féjour, ou
mourir.

Je l'avouerai même; une efpece
de curiofité de voir le dénouement
de tout ceci fembloit ralentir mes
penfées. Dans la honte, la douleur
& la confufion, j'étois furpris de n'en
avoir pas davantage. Mon ame formoit des projets; ils finiffoient tous
par un certain trouble; un charme
fecret, une force inconnue me re-
tenoient dans ce palais.

La feinte princeffe étoit toujours
voilée, & je n'entendois jamais fa
voix. Elle paffoit prefque toute la
journée à me regarder par une ja-

loufie pratiquée à ma chambre.
Quelquefois elle me faifoit venir à
fon appartement. Là, fes filles chan-
toient les airs les plus tendres : il me
fembloit que tout exprimoit fon
amour. Je n'étois jamais affez près
d'elle ; elle n'étoit occupée que de
moi ; il y avoit toujours quelque
chofe à raccommoder à ma parure :
elle défaifoit mes cheveux pour les
arranger encore ; elle n'étoit jamais
contente de ce qu'elle avoit fait.

Un jour on vint me dire qu'elle
me permettoit de venir la voir. Je
la trouvai fur un fopha de pourpre :
fes voiles la couvroient encore ; fa
tête étoit mollement penchée, &
elle fembloit être dans une douce
langueur. J'approchai, & une de fes
femmes me parla ainfi : L'Amour
vous favorife ; c'eft lui qui fous ce

déguifement vous a fait venir ici. La
princeffe vous aime. Tous les cœurs
lui féroient foumis, & elle ne veut
que le vôtre.

Comment, dis-je en foupirant,
pourrois-je donner un cœur qui n'eſt
pas à moi? Ma chere Ardafire en
eſt la maîtreffe; elle le fera toujours.

Je ne vis point qu'Ardafire mar-
quât d'émotion à ces paroles; mais
elle m'a dit depuis qu'elle n'a jamais
fenti une fi grande joie.

Téméraire, me dit cette femme,
la princeffe doit être offenfée,
comme les dieux, lorfqu'on eſt
affez malheureux pour ne pas les
aimer.

Je lui rendrai, répondis-je, toutes
fortes d'hommages ; mon refpeɛ̃t,
ma reconnoiffance ne finiront jamais ; mais le deſtin, le cruel deſ-

tin ne me permet point de l'aimer.
Grande princesse, ajoutai-je en me
jettant à ses genoux, je vous conjure
par votre gloire d'oublier un homme
qui par un amour éternel pour une
autre, ne sera jamais digne de vous.

J'entendis qu'elle jetta un profond
soupir; je crus m'appercevoir que son
visage étoit couvert de larmes. Je
me reprochois mon insensibilité;
j'aurois voulu, ce que je ne trouvois
pas possible, être fidele à mon amour,
& ne pas désespérer le sien.

On me ramena dans mon appartement; &, quelques jours après,
je reçus ce billet, écrit d'une main
qui m'étoit inconnue.

« L'amour de la princesse est vio-
« lent, mais il n'est pas tyrannique:
« elle ne se plaindra pas même de
« vos refus, si vous lui faites voir
　　　　　　　　　　　　　　« qu'ils

« qu'ils font légitimes. Venez donc
« lui apprendre les raifons que vous
« avez pour être fi fidele à cette
« Ardafire.

Je fus reconduit auprès d'elle. Je
lui racontai toute l'hiftoire de ma vie.
Lorfque je lui parlois de mon amour,
je l'entendois foupirer. Elle tenoit
ma main dans la fienne, & dans ces
moments touchants elle la ferroit
malgré elle.

Recommencez, me difoit une de
fes femmes, à cet endroit où vous
fûtes fi défefpéré, lorfque le Roi de
Médie vous donna fa fille. Redites-
nous les craintes que vous eûtes
pour Ardafire dans votre fuite. Parlez à la princeffe des plaifirs que vous
goûtiez lorfque vous étiez dans votre
folitude chez les Margiens.

Je n'avois jamais dit toutes les cir-

C

constances : je répétois , & elle
croyoit apprendre ; je finissois , &
elle s'imaginoit que j'allois com-
mencer.

Le lendemain je reçus ce billet.

« Je comprends bien votre amour,
« & je n'exige point que vous me le
« sacrifiiez. Mais êtes - vous sûr que
« cette Ardasire vous aime encore?
« Peut-être refusez-vous pour une
« ingrate le cœur d'une princesse qui
« vous adore.

Je fis cette réponse.

« Ardasire m'aime à un tel point
« que je ne saurois demander aux
« dieux qu'ils augmentassent son
« amour. Hélas ! peut-être qu'elle
« m'a trop aimé. Je me souviens
« d'une lettre qu'elle m'écrivit quel-
« que temps après que je l'eus quit-
« tée. Si vous aviez vu les expres-

« fions terribles & tendres de fa
« douleur, vous en auriez été tou-
« chée. Je crains que, pendant que
« je fuis retenu dans ces lieux, le
« défefpoir de m'avoir perdu, & fon
« dégoût pour la vie, ne lui faffent
« prendre une réfolution qui me
« mettroit au tombeau.

Elle me fit cette réponfe :

«Soyez heureux, Arface, & don-
« nez tout votre amour à la Beauté
« qui vous aime : pour moi, je ne
« veux que votre amitié.

Le lendemain je fus reconduit
dans fon appartement. Là, je fentis
tout ce qui peut porter à la volupté.
On avoit répandu dans la chambre
les parfums les plus agréables. Elle
étoit fur un lit qui n'étoit fermé que
par des guirlandes de fleurs : elle y
paroiffoit languiffamment couchée.

Elle me tendit la main, & me fit
asseoir auprès d'elle. Tout, jusqu'au
voile qui lui couvroit le visage, avoit
de la grace. Je voyois la forme de
son beau corps. Une simple toile qui
se mouvoit sur elle me faisoit tour-à-
tour perdre & trouver des beautés
ravissantes. Elle remarqua que mes
yeux étoient occupés, & quand elle
les vit s'enflammer, la toile sembla
s'ouvrir d'elle-même. Je vis tous les
trésors d'une beauté divine. Dans ce
moment elle me serra la main; mes
yeux errerent par-tout. Il n'y a, m'é-
criai-je, que ma chere Ardasire qui
soit aussi belle; mais j'atteste les
dieux que ma fidélité..... Elle se
jetta à mon cou, & me serra dans
ses bras. Tout d'un coup la chambre
s'obscurcit, son voile s'ouvrit; elle
me donna un baiser. Je fus tout

hors de moi. Une flamme subite coula dans mes veines, & échauffa tous mes sens. L'idée d'Ardafire s'éloigna de moi. Un reste de souvenir.... mais il ne me paroissoit qu'un songe.... j'allois.... j'allois la préférer à elle-même. Déja j'avois porté mes mains sur son sein; elles couroient rapidement par-tout : l'amour ne se montroit que par sa fureur; il se précipitoit à la victoire ; un moment de plus, & Ardafire ne pouvoit pas se défendre; lorsque tout-à-coup elle fit un effort, elle fut secourue, elle se déroba de moi, & je la perdis.

Je retournai dans mon appartement, surpris moi-même de mon inconstance. Le lendemain on entra dans ma chambre, on me rendit les habits de mon sexe, & le soir on me mena chez celle dont l'idée m'en-

chantoit encore. J'approchai d'elle, je me mis à ses genoux, &, transporté d'amour, je parlai de mon bonheur, je me plaignis de mes propres refus, je demandai, je promis, j'exigeai, j'osai tout dire, je voulus tout voir; j'allois tout entreprendre. Mais je trouvai un changement étrange; elle me parut glacée, & lorsqu'elle m'eut assez découragé, qu'elle eut joui de tout mon embarras, elle me parla, & j'entendis sa voix pour la premiere fois : Ne voulez-vous point voir le visage de celle que vous aimez?....
Ce son de voix me frappa; je restai immobile; j'espérai que ce seroit Ardasire, & je le craignis. Découvrez ce bandeau, me dit-elle. Je le fis, & je vis le visage d'Ardasire. Je voulus parler, & ma voix s'arrêta.

L'amour, la surprife, la joie, la honte, toutes les paffions me faifirent tour-à-tour. Vous êtes Ardafire, lui dis-je. Oui, perfide, répondit-elle, je le fuis. Ardafire, lui dis-je d'une voix entrecoupée, pourquoi vous jouez-vous ainfi d'un malheureux amour? Je voulus l'embraffer. Seigneur, dit-elle, je fuis à vous. Hélas! j'avois efpéré de vous revoir plus fidele. Contentez-vous de commander ici. Puniffez-moi, fi vous voulez, de ce que j'ai fait... Arface, ajouta-t-elle en pleurant, vous ne le méritez pas.

Ma chere Ardafire, lui dis-je, pourquoi me défefpérez-vous? Auriez-vous voulu que j'euffe été infenfible à des charmes que j'ai toujours adorés? Comptez que vous n'êtes pas d'accord avec vous-même. N'étoit-ce pas vous que j'aimois? Ne

C iv

sont-ce pas ces beautés qui m'ont toujours charmé? Ah! dit-elle, vous auriez aimé une autre que moi. Je n'aurois point, lui dis-je, aimé une autre que vous. Tout ce qui n'auroit point été vous m'auroit déplu. Qu'eût-ce été, lorsque je n'aurois point vu cet adorable visage, que je n'aurois pas entendu cette voix, que je n'aurois pas trouvé ces yeux? Mais, de grace, ne me désespérez pas; songez que, de toutes les infidélités que l'on peut faire, j'ai sans doute commis la moindre.

Je connus à la langueur de ses yeux qu'elle n'étoit plus irritée; je le connus à sa voix mourante. Je la tins dans mes bras. Qu'on est heureux quand on tient dans ses bras ce que l'on aime! Comment exprimer ce bonheur, dont l'excès n'est

que pour les vrais amants ? Lorſque
l'amour renaît après lui - même ,
lorſque tout promet, que tout demande , que tout obéit ; lorſqu'on
ſent qu'on a tout, & que l'on ſent
que l'on n'a pas aſſez ; lorſque l'ame
ſemble s'abandonner & ſe porter au-
delà de la nature même.

Ardaſire, revenue à elle, me dit :
Mon cher Arſace, l'amour que j'ai
eu pour vous m'a fait faire des choſes
bien extraordinaires. Mais un amour
bien violent n'a de regle ni de loi.
On ne le connoît gueres, ſi l'on ne
met ſes caprices au nombre de ſes
plus grands plaiſirs. Au nom des
dieux, ne me quitte plus. Que peut-
il te manquer ? Tu es heureux ſi tu
m'aimes. Tu es ſûr que jamais mor-
tel n'a été tant aimé. Dis-moi, pro-
mets-moi, jure-moi que tu reſteras ici.

C v

Je lui fis mille ferments; ils ne furent interrompus que par mes embraffements, & elle les crut.

Heureux l'amour lors même qu'il s'appaife, lorfqu'après qu'il a cherché à se faire fentir, il aime à se faire connoître , lorfqu'après avoir joui des beautés, il ne fe fent plus touché que par les graces.

Nous vécûmes dans la Sogdiane dans une félicité que je ne faurois vous exprimer. Je n'avois refté que quelques mois dans la Margiane , & ce féjour m'avoit déja guéri de l'ambition. J'avois eu la faveur du Roi ; mais je m'apperçus bientôt qu'il ne pouvoit me pardonner mon courage & fa frayeur. Ma préfence le mettoit dans l'embarras ; il ne pouvoit donc pas m'aimer. Ses courtifans s'en apperçurent, & dès lors ils fe donnerent bien garde de me trop eſtimer ; & , pour que je n'euſſe pas ſauvé l'état du péril, tout le monde convenoit à la cour qu'il n'y avoit pas eu de péril.

Ainſi, également dégoûté de l'eſclavage & des eſclaves, je ne connus plus d'autre paſſion que mon amour pour Ardaſire, & je m'eſtimai cent fois plus heureux de reſter dans la ſeule dépendance que j'aimois, que de rentrer dans une autre que je ne pouvois que haïr.

Il nous parut que le génie nous avoit ſuivis. Nous nous trouvâmes dans la même abondance, & nous vîmes toujours de nouveaux prodiges.

Un pêcheur vint nous vendre un poiſſon : on m'apporta une bague fort riche qu'on avoit trouvée dans ſon goſier. C vj

Un jour, manquant d'argent, j'envoyai vendre quelques pierreries à la ville prochaine : on m'en apporta le prix, & quelques jours après, je vis sur ma table les pierreries.

Grands dieux ! dis-je en moi-même, il m'est donc impossible de m'appauvrir.

Nous voulûmes tenter le génie, & nous lui demandâmes une somme immense. Il nous fit bien voir que nos vœux étoient indiscrets. Nous trouvâmes quelques jours après sur la table la plus petite somme que nous eussions encore reçue. Nous ne pûmes, en la voyant, nous empêcher de rire. Le génie nous joue, dit Ardasire. Ah ! m'écriai-je, les dieux sont de bons dispensateurs : la médiocrité qu'ils nous accordent vaut bien mieux que les tréfors qu'ils nous refufent.

Nous n'avions aucune des paffions triftes. L'aveugle ambition, la foif d'acquérir, l'envie de domiñer, fembloient s'éloigner de nous, & être les paffions d'un autre univers. Ces fortes de biens ne font faits que pour entrer dans le vuide des ames que la nature n'a point remplies. Ils n'ont été imaginés que par ceux qui fe font trouvés incapables de bien fentir les autres.

Je vous ai déja dit que nous étions adorés de cette petite nation qui formoit notre maifon. Nous nous aimions Ardafire & moi ; & fans doute que l'effet naturel de l'amour eft de rendre heureux ceux qui s'aiment. Mais cette bienveillance générale que nous trouvons dans tous

ceux qui font autour de nous , peut
rendre plus heureux que l'amour
même. Il eft impoffible que ceux qui
ont le cœur bien fait ne fe plaifent
au milieu de cette bienveillance
générale. Etrange effet de la nature!
L'homme n'eft jamais fi peu à lui,
que lorfqu'il paroît l'être davantage.
Le cœur n'eft jamais le cœur, que
quand il fe donne , parceque fes
jouiffances font hors de lui.

C'eft ce qui fait que ces idées de
grandeur , qui retirent toujours le
cœur vers lui-même , trompent ceux
qui en font enivrés ; c'eft ce qui fait
qu'ils s'étonnent de n'être point heureux au milieu de ce qu'ils croient
être le bonheur ; que , ne le trou-
vant point dans la grandeur , ils cherchent plus de grandeur encore. S'ils
n'y peuvent atteindre , ils fe croient

plus malheureux; s'ils y atteignent,
ils ne trouvent pas encore le bonheur.

C'eſt l'orgueil, qui, à force de nous
poſſéder, nous empêche de nous poſ-
féder, & qui, nous concentrant dans
nous-mêmes, y porte toujours la triſteſſe. Cette triſteſſe vient de la ſoli-
tude du cœur, qui ſe ſent toujours
fait pour jouir, & qui ne jouit pas,
qui ſe ſent toujours fait pour les autres, & qui ne les trouve pas.

Ainſi nous aurions goûté des plaiſirs que donne la nature toutes les
fois qu'on ne la fuit pas. Nous aurions
paſſé notre vie dans la joie, l'in-
nocence & la paix. Nous aurions
compté nos années par le renouvel-
lement des fleurs & des fruits; nous
aurions perdu nos années dans la
rapidité d'une vie heureuſe. J'aurois

vu tous les jours Ardafire, & je lui aurois dit que je l'aimois. La même terre auroit repris son ame & la mienne. Mais tout-à-coup mon bonheur s'évanouit, & j'éprouvai le revers du monde le plus affreux.

Le prince du pays étoit un tyran capable de tous les crimes; mais rien ne le rendoit si odieux que les outrages continuels qu'il faisoit à un sexe sur lequel il n'est pas seulement permis de lever les yeux. Il apprit, par une esclave sortie du serrail d'Ardafire, qu'elle étoit la plus belle personne de l'Orient. Il n'en fallut pas davantage pour le déterminer à me l'enlever. Une nuit une grosse troupe de gens armés entoura ma maison, & le matin je reçus un ordre du tyran de lui envoyer Ardafire. Je vis l'impossibilité de la faire sauver. Ma pre-

miere idée fut de lui aller donner la
mort dans le sommeil où elle étoit
ensevelie. Je pris mon épée, je cou-
rus, j'entrai dans sa chambre, j'ou-
vris les rideaux; je reculai d'horreur,
& tous mes sens se glacerent; une
nouvelle rage me saisit. Je voulus
aller me jetter au milieu de ces Sa-
tellites, & immoler tout ce qui se
présentoit à moi. Mon esprit s'ouvrit pour un dessein plus suivi, & je
me calmai. Je résolus de prendre les
habits que j'avois eus il y avoit quelques mois, de monter, sous le nom
d'Ardasire, dans la litiere que le
tyran lui avoit destinée, de me faire
mener à lui. Outre que je ne voyois
point d'autre ressource, je sentois
en moi-même du plaisir à faire une
action de courage sous les mêmes
habits avec lesquels l'aveugle amour

avoit auparavant avili mon sexe.

J'exécutai tout de sang froid. J'ordonnai que l'on cachât à Ardasire le péril que je courois, & que, sitôt que je serois parti, on la fît sauver dans un autre pays. Je pris avec moi un esclave dont je connoissois le courage, & je me livrai aux femmes & aux eunuques que le tyran avoit envoyés. Je ne restai pas deux jours en chemin, &, quand j'arrivai, la nuit étoit déja avancée. Le tyran donnoit un festin à ses femmes & à ses courtisans, dans une salle de ses jardins. Il étoit dans cette gaieté stupide que donne la débauche, lorsqu'elle a été portée à l'excès. Il ordonna que l'on me fît venir. J'entrai dans la salle du festin : il me fit mettre auprès de lui, & je sus cacher ma fureur & le désordre de mon

ame. J'étois comme incertain dans
mes fouhaits. Je voulois attirer les
regards du tyran, &, quand il les
tournoit vers moi, je fentois redou-
bler ma rage. Parcequ'il me croit
Ardafire, difois-je en moi-même, il
ofe m'aimer. Il me fembloit que je
voyois multiplier fes outrages, &
qu'il avoit trouvé mille manieres
d'offenfer mon amour. Cependant
j'étois prêt à jouir de la plus affreufe
vengeance. Il s'enflammoit, & je le
voyois infenfiblement approcher de
fon malheur. Il fortit de la falle du
feftin, & me mena dans un appartement plus reculé de fes jardins,
fuivi d'un feul eunuque & de mon
efclave. Déja fa fureur brutale alloit l'éclaircir fur mon fexe. Ce fer,
m'écriai-je, t'apprendra mieux que je
fuis un homme. Meurs, & qu'on

dife aux enfers que l'époux d'Ardafire a puni tes crimes. Il tomba à
mes pieds, & dans ce moment la
porte de l'appartement s'ouvrit; car
fitôt que mon efclave avoit entendu
ma voix, il avoit tué l'eunuque qui
la gardoit, & s'en étoit faifi. Nous
fuîmes ; nous errions dans les jardins; nous rencontrâmes un homme;
je le faifis : je te plongerai, lui dis-
je, ce poignard dans le fein, fi tu
ne me fais fortir d'ici. C'étoit un
jardinier, qui, tout tremblant de
peur, me mena à une porte qu'il
ouvrit ; je la lui fis refermer, & lui
ordonnai de me fuivre.

Je jettai mes habits, & pris un
manteau d'efclave. Nous errâmes
dans les bois, &, par un bonheur
inefpéré, lorfque nous étions acca-
blés de laffitude, nous trouvâmes

un marchand qui faisoit paître ses chameaux ; nous l'obligeâmes de nous mener hors de ce funeste pays.

A mesure que j'évitois tant de dangers, mon cœur devenoit moins tranquille. Il falloit revoir Ardasire, & tout me faisoit craindre pour elle. Ses femmes & ses eunuques lui avoient caché l'horreur de notre situation ; mais, ne me voyant plus auprès d'elle, elle me croyoit coupable ; elle s'imaginoit que j'avois manqué à tant de serments que je lui avois faits. Elle ne pouvoit concevoir cette barbarie de l'avoir fait enlever sans lui rien dire. L'amour voit tout ce qu'il craint. La vie lui devint insupportable ; elle prit du poison ; il ne fit pas son effet violemment. J'arrivai, & je la trouvai mourante. Ardasire, lui dis-je, je vous perds,

vous mourez! cruelle Ardafire! hélas! qu'avois-je fait?.... Elle verfa
quelques larmes. Arface, me dit-
elle, il n'y a qu'un moment que la
mort me fembloit délicieufe; elle me
paroît terrible depuis que je vous
vois. Je fens que je voudrois revivre
pour vous, & que mon ame me
quitte malgré elle. Confervez mon
fouvenir; &, fi j'apprends qu'il vous
eft cher, comptez que je ne ferai
point tourmentée chez les ombres.
J'ai du moins cette confolation, mon
cher Arface, de mourir dans vos
bras.

Elle expira. Il me feroit impoffible de dire comment je n'expirai
pas auffi. On m'arracha d'Ardafire,
& je crus qu'on me féparoit de moi-
même. Je fixai mes yeux fur elle,
& je reftai immobile; j'étois devenu

ftupide. On m'ôta ce terrible fpectacle, & je fentis mon ame reprendre toute fa fenfibilité. On m'en-
traîna : je tournois les yeux vers ce
fatal objet de ma douleur; j'aurois
donné mille vies pour le voir encore
un moment. J'entrai en fureur, je
pris mon épée; j'allois me percer le
fein ; on m'arrêta. Je fortis de ce
palais funefte , je n'y rentrai plus.
Mon efprit s'aliéna; je courois dans
les bois ; je rempliffois l'air de mes
cris. Quand je devenois plus tranquille, toutes les forces de mon ame
la fixoient à ma douleur. Il me
fembla qu'il ne me reftoit plus rien
dans le monde que ma trifteffe & le
nom d'Ardafire. Ce nom, je le pro-
nonçois d'une voix terrible, & je
rentrois dans le filence. Je réfolus
de m'ôter la vie , & tout - à - coup

j'entrai en fureur. Tu veux mourir, me dis-je à moi-même, & Ardasire n'est pas vengée. Tu veux mourir, & le fils du tyran est en Hircanie, qui se baigne dans les délices. Il vit, & tu veux mourir.

Je me suis mis en chemin pour l'aller chercher. J'ai appris qu'il vous avoit déclaré la guerre ; j'ai volé à vous. Je suis arrivé trois jours avant la bataille, & j'ai fait l'action que vous connoissez. J'aurois percé le fils du tyran ; j'ai mieux aimé le faire prisonnier. Je veux qu'il traîne dans la honte & dans les fers une vie aussi malheureuse que la mienne. J'espere que quelque jour il apprendra que j'aurai fait mourir le dernier des siens. J'avoue pourtant que, depuis que je suis vengé, je ne me trouve pas plus heureux, & je sens
bien

que l'espoir de la vengeance flatte plus que la vengeance même. Ma rage que j'ai satisfaite, l'action que vous avez vue, les acclamations du peuple, seigneur, votre amitié même, ne me rendent point ce que j'ai perdu.

La surprise d'Aspar avoit commencé presque avec le récit qu'il avoit entendu. Sitôt qu'il avoit oui le nom d'Arsace, il avoit reconnu le mari de la Reine. Des raisons d'état l'avoient obligé d'envoyer chez les Medes Isménie, la plus jeune des filles du dernier Roi, & il l'y avoit fait élever en secret sous le nom d'Ardasire. Il l'avoit mariée à Arsace; il avoit toujours eu des gens affidés dans le serrail d'Arsace; il étoit le génie qui par ces mêmes gens avoit répandu tant de richesses

D

dans la maiſon d'Arſace, & qui par des voies très simples avoit fait imaginer tant de prodiges.

Il avoit eu de très grandes raiſons pour cacher à Arſace la naiſſance d'Ardaſire. Arſace, qui avoit beaucoup de courage, auroit pu faire valoir les droits de ſa femme ſur la Bactriane, & la troubler.

Mais ces raiſons ne ſubſiſtoient plus, &, quand il entendit le récit d'Arſace, il eut mille fois envie de l'interrompre; mais il crut qu'il n'étoit pas encore temps de lui apprendre ſon ſort. Un miniſtre accoutumé à arrêter ſes mouvements, revenoit toujours à la prudence; il penſoit à préparer un grand événement, & non pas à le hâter.

Deux jours après le bruit ſe répandit que l'eunuque avoit mis ſur le trône une fauſſe Iſménie. On paſſa des murmures à la ſédition. Le peuple furieux entoura le palais; il demanda à haute voix la tête d'Aſpar. L'eunuque fit ouvrir une des portes, &, monté ſur un éléphant, il s'avança dans la foule. Bactriens, dit-il, écoutez-moi. Et comme on murmuroit encore : Ecoutez-moi, vous disje. Si vous pouvez me faire mourir à préſent, vous pourrez dans un moment me faire mourir tout de même. Voici un papier écrit & ſcellé de la main du feu Roi : proſternez-vous, adorez-le; je vais le lire.

Il le lut :

« Le ciel m'a donné deux filles
« qui ſe reſſemblent au point que
« tous les yeux peuvent s'y tromper.
« Je crains que cela ne donne oc-

« cafion à de plus grands troubles
« & à des guerres plus funeftes.
« Vous donc, Afpar, lumiere de
« l'empire, prenez la plus jeune des
« deux ; envoyez-la fecrètement
« dans la Médie, & faites-en pren-
« dre foin. Qu'elle y refte fous un
« nom fuppofé, tandis que le bien
« de l'Etat le demandera.

Il porta cet écrit au-deffus de fa
tête, & il s'inclina ; puis reprenant
la parole :

« Ifménie eft morte ; n'en doutez
« pas ; mais fa fœur la jeune Ifmé-
« nie eft fur le trône. Voudriez-vous
« vous plaindre de ce que, voyant
« la mort de la Reine approcher,
« j'ai fait venir fa fœur du fond de
« l'Afie ? Me reprocheriez-vous
« d'avoir été affez heureux pour
« vous la rendre & la placer fur un

« trône qui , depuis la mort de la
« Reine sa sœur , lui appartient. Si
« j'ai tû la mort de la Reine, l'état
« des affaires ne l'a-t-il pas demandé?
« me blâmez-vous d'avoir fait une
« action de fidélité avec prudence?
« Posez donc les armes. Jusqu'ici
« vous n'êtes point coupables ; dès
« ce moment vous le seriez.

Aspar expliqua ensuite comment
il avoit confié la jeune Isménie à
deux vieux eunuques ; comment on
l'avoit transportée en Médie sous
un nom supposé ; comment il l'a-
voit mariée à un grand seigneur du
pays ; comment il l'avoit fait suivre
dans tous les lieux où la fortune
l'avoit conduite ; comment la maladie de la Reine l'avoit déterminé à
la faire enlever pour être gardée en
secret dans le serrail ; comment, après

D iij

la mort de la Reine, il l'avoit placée
fur le trône.

Comme les flots de la mer agitée
s'appaifent par les zéphyrs, le peuple
fe calma par les paroles d'Afpar. On
n'entendit plus que des acclamations de joie ; tous les temples re-
tentirent du nom de la jeune Ifménie.

Afpar infpira à Ifménie de voir
l'étranger qui avoit rendu un fi grand
fervice à la Bactriane ; il lui infpira
de lui donner une audience écla-
rante. Il fut réfolu que les grands &
les peuples feroient affemblés ; que
là il feroit déclaré général des armées de l'état, & que la Reine lui
ceindroit l'épée. Les principaux de
la nation étoient rangés autour
d'une grande falle, & une foule de
peuple en occupoit le milieu & l'en-

trée. La Reine étoit fur fon trône, vêtue d'un habit fuperbe. Elle avoit la tête couverte de pierreries ; elle avoit, felon l'ufage de ces folemni-tés, levé fon voile, & l'on voyoit le vifage de la beauté même. Arface parut, & le peuple commença fes acclamations. Arface, les yeux baif-fés par refpect, refta un moment dans le filence, & adreffant la parole à la Reine :

Madame, lui dit-il d'une voix baffe & entrecoupée, fi quelque chofe pouvoit rendre à mon ame quelque tranquillité, & me confoler de mes malheurs . . . .

La Reine ne le laiffa pas achever; elle crut d'abord reconnoître le vi-fage, elle reconnut encore la voix d'Arface. Toute hors d'elle-même, & ne fe connoiffant plus, elle fe

D iv

précipita de fon trône, & fe jetta aux genoux d'Arface.

Mes malheurs ont été plus grands que les tiens, dit-elle, mon cher Arface. Hélas! je croyois ne te revoir jamais depuis le fatal moment qui nous a féparés. Mes douleurs ont été mortélles.

Et, comme fi elle avoit paffé tout-à-coup d'une maniere d'aimer à une autre maniere d'aimer, ou qu'elle fe trouvât incertaine fur l'im-pétuofité de l'action qu'elle venoit de faire, elle fe releva tout-à-coup, & une rougeur modefte parut fur fon vifage.

Bactriens, dit-elle, c'eft aux ge-nioux de mon époux que vous m'a-vez vûe. C'eft ma félicité d'avoir pu faire paroître devant vous mon amour. J'ai defcendu de mon trône, parceque je n'y étois pas avec lui, & j'attefte les dieux que je n'y remonterai pas fans lui. Je goûte ce plaifir que la plus belle action de mon regne, c'eft par lui qu'elle a été faite, & que c'eft pour moi qu'il l'a faite. Grands, peuples, & citoyens, croyez-vous que celui qui regne fur moi foit digne de régner fur vous? Approuvez-vous mon choix? Elifez-vous Arface? dites-le moi, parlez.

A peine les dernieres paroles de la Reine furent-elles entendues, tout le palais retentit des acclamations; on n'entendit plus que le nom d'Arface & celui d'Ifménie.

Pendant tout ce temps, Arface étoit comme ftupide. Il voulut parler, fa voix s'arrêta; il voulut fe mouvoir, & il refta fans action. Il ne voyoit pas la Reine; il ne voyoit

D v

pas le peuple; à peine entendoit-il les acclamations : la joie le troubloit tellement, que son ame ne put sentir toute sa félicité.

Mais, quand Aspar eut fait retirer le peuple, Arsace pencha la tête sur la main de la Reine.

Ardasire, vous vivez; vous vivez, ma chere Ardasire. Je mourois tous les jours de douleur. Comment les dieux vous ont-ils rendue à la vie?

Elle se hâta de lui raconter comment une de ses femmes avoit substitué au poison une liqueur enivrante. Elle avoit été trois jours sans mouvement; on l'avoit rendue à la vie : sa premiere parole avoit été le nom d'Arsace; ses yeux ne s'étoient ouverts que pour le voir; elle l'avoit fait chercher; elle l'avoit cherché elle-même. Aspar l'avoit fait enlever, &, après la mort de sa sœur, il l'avoit placée sur le trône.

Aspar avoit rendu éclatante l'entrevue d'Arsace & d'Isménie. Il se ressouvenoit de la derniere sédition. Il croyoit qu'après avoir pris sur lui de mettre Isménie sur le trône, il n'étoit pas à propos qu'il parût encore avoir contribué à y placer Arsace. Il avoit pour maxime de ne faire jamais lui-même ce que les autres pouvoient faire, & d'aimer le bien, de quelque main qu'il pût venir. D'ailleurs, connoissant la beauté du caractere d'Arsace & d'Isménie, il desiroit de les faire paroître dans leur jour. Il vouloit leur concilier ce respect que s'attirent toujours les grandes ames dans toutes les occasions où elles peuvent se montrer. Il cherchoit à leur atti-

D vj

rer cet amour que l'on porte à ceux
qui ont éprouvé de grands malheurs.
Il vouloit faire naître cette admiration que l'on a pour tous ceux qui
font capables de fentir de belles
paffions. Enfin il croyoit que rien
n'étoit plus propre à faire perdre à
Arface le titre d'étranger, & à lui
faire trouver celui de Bactrien dans
tous les cœurs des peuples de la
Bactriane.

Arface jouiffoit d'un bonheur qui
lui paroiffoit inconcevable. Ardafire,
qu'il croyoit morte, lui étoit rendue;
Ardafire étoit Ifménie ; Ardafire
étoit Reine de Bactriane; Ardafire
l'en avoit fait Roi. Il paffoit du fentiment de fa grandeur au fentiment
de fon amour. Il aimoit ce diadême
qui, bien loin d'être un figne d'in-
dépendance, l'avertiffoit fans ceffe

qu'il étoit à elle ; il aimoit ce trône, parcequ'il voyoit la main qui l'y avoit fait monter.

Isménie goûtoit pour la premiere fois le plaisir de voir qu'elle étoit une grande Reine. Avant l'arrivée d'Arsace, elle avoit une grande fortune ; mais il lui manquoit un cœur capable de la sentir : au milieu de sa cour, elle se trouvoit seule ; dix millions d'hommes étoient à ses pieds, & elle se croyoit abandonnée.

Arsace fit d'abord venir le Prince d'Hircanie.

Vous avez, lui dit-il, paru devant moi, & les fers ont tombé de vos mains : il ne faut point qu'il y ait d'infortuné dans l'empire du plus heureux des mortels.

Quoique je vous aie vaincu, je

ne crois pas que vous m'ayez cédé
en courage : je vous prie de confen-
tir que vous me cédiez en géné-
rofité.

Le caractere de la Reine étoit la
douceur, & fa fierté naturelle dif-
paroiffoit toujours toutes les fois
qu'elle devoit difparoître.

Pardonnez-moi, dit-elle au prince
d'Hircanie, fi je n'ai pas répondu à
des feux qui n'étoient pas légitimes.
L'époufe d'Arface ne pouvoit pas
être la vôtre : vous ne devez vous
plaindre que du deftin.

Si l'Hircanie & la Bactriane ne
forment pas un même empire, ce
font des états faits pour être alliés.
Ifménie peut promettre de l'amitié,
fi elle n'a pas pu promettre de l'a-
mour.

Je fuis, répondit le prince, accablé de tant de malheurs & comblé de tant de bienfaits, que je ne fais fi je fuis un exemple de la bonne ou de la mauvaife fortune.

J'ai pris les armes contre vous, pour me venger d'un mépris que vous n'aviez pas. Ni vous ni moi ne méritions que le ciel favorisât mes projets. Je vais retourner dans l'Hircanie, & j'y oublierois bientôt mes malheurs, fi je ne comptois parmi mes malheurs celui de vous avoir vue, & celui de ne plus vous voir.

Votre beauté fera chantée dans tout l'Orient; elle rendra le fiecle où vous vivez plus célebre que tous les autres; &, dans les races futures, les noms d'Arface & d'Ifménie feront les titres les plus flatteurs pour les belles & les amants.

Un événement imprévu demanda

la préfence d'Arface dans une province du royaume : il quitta Ifménie. Quels tendres adieux ! quelles
douces larmes ! C'étoit moins un
sujet de s'affliger, qu'une occafion
de s'attendrir. La peine de fe quitter
fe joignit à l'idée de la douceur de
fe revoir.

Pendant l'abfence du Roi, tout
fut par fes foins difpofé de maniere
que le temps, le lieu, les perfonnes,
chaque événement offroit à Ifménie
des marques de fon fouvenir. Il
étoit éloigné, & fes actions difoient
qu'il étoit auprès d'elle ; tout étoit
d'intelligence pour lui rappeller Arface : elle ne trouvoit point Arface ;
mais elle trouvoit fon amant.

Arface écrivoit continuellement
à Ifménie : elle lifoit :

« J'ai vu les fuperbes villes qui

« conduisent à vos frontieres ; j'ai
« vu des peuples innombrables tom-
« ber à mes genoux. Tout me disoit
« que je régnois dans la Bactriane :
« je ne voyois point celle qui m'en
« avoit fait Roi, & je ne l'étois plus.

Il lui disoit :

« Si le ciel vouloit m'accorder le
« breuvage d'immortalité tant cher-
« ché dans l'Orient, vous boiriez
« dans la même coupe, ou je n'en
« approcherois pas mes levres ; vous
« feriez immortelle avec moi, ou
« je mourrois avec vous.

Il lui mandoit :

« J'ai donné votre nom à la ville
« que j'ai fait bâtir ; il me semble
« qu'elle sera habitée par nos sujets
« les plus heureux.

Dans une autre lettre, après ce
que l'amour pouvoit dire de plus

tendre sur les charmes de sa personne, il ajoutoit :

« Je vous dis ces choses sans même
« chercher à vous plaire : je voudrois
« calmer mes ennuis ; je sens que
« mon ame s'appaise en vous par-
« lant de vous.

Enfin elle reçut cette lettre :

« Je comptois les jours ; je ne
« compte plus que les moments ;
« & ces moments sont plus longs
« que les jours. Belle Reine, mon
« cœur est moins tranquille à mesure
« que j'approche de vous.

Après le retour d'Arsace, il lui
vint des ambassades de toutes parts ;
il y en eut qui parurent singulieres.
Arsace étoit sur un trône qu'on avoit
élevé dans la cour du palais. L'am-
bassadeur des Parthes entra d'abord ;
il étoit monté sur un superbe cour-

fier ; il ne defcendit point à terre ,
& il parla ainfi :

« Un tigre d'Hircanie défoloit la
« contrée ; un éléphant l'étouffa fous
« fes pieds. Un jeune tigre reftoit,
« & il étoit déja auffi cruel que fon
« pere ; l'éléphant en délivra encore
« le pays. Tous les animaux qui
« craignoient les bêtes féroces ve-
« noient paître autour de lui. Il fe
« plaifoit à voir qu'il étoit leur afyle,
« & il difoit en lui-même : On dit
« que le tigre eft le roi des animaux ;
« il n'en eft que le tyran, & j'en
« fuis le roi.

L'ambaffadeur des Perfes parla
ainfi :

« Au commencement du monde
« la lune fut mariée avec le foleil.
« Tous les aftres du firmament vou-
« loient l'époufer. Elle leur dit :

« regardez le foleil, & regardez-
« vous; vous n'avez pas tous en-
« femble autant de lumiere que
« lui.

L'ambaffadeur d'Egypte vint enfuite, & dit :

« Lorfqu'Ifis époufa le grand
« Ofiris, ce mariage fut la caufe de
« la profpérité de l'Egypte, & le
« type de fa fécondité. Telle fera la
« Bactriane; elle deviendra heu-
« reufe par le mariage de fes dieux.

Arface faifoit mettre fur les mu-
railles de tous fes palais fon nom
avec celui d'Ifménie. On voyoit
leurs chiffres par-tout entrelacés. Il
étoit défendu de peindre Arface
qu'avec Ifménie.

Toutes les actions qui demandoient quelque févérité, il vouloit
paroître les faire feul; il voulut que

les graces fuſſent faites ſous ſon nom
& celui d'Iſménie.

Je vous aime, lui diſoit-il, à
cauſe de votre beauté divine & de
vos graces toujours nouvelles. Je
vous aime encore, parceque, quand
j'ai fait quelque action digne d'un
grand Roi, il me ſemble que je vous
plais davantage.

Vous avez voulu que je fuſſe votre
Roi, quand je ne penſois qu'au bonheur d'être votre époux; & ces plaiſirs dont je m'enivrois avec vous,
vous m'avez appris à les fuir lorſqu'il s'agiſſoit de ma gloire.

Vous avez accoutumé mon ame
à la clémence, & lorſque vous avez
demandé des choſes qu'il n'étoit pas
permis d'accorder, vous m'avez
toujours fait reſpecter ce cœur qui
les avoit demandées.

Les femmes de votre palais ne font point entrées dans les intrigues de la cour ; elles ont cherché la modestie & l'oubli de tout ce qu'elles ne doivent point aimer.

Je crois que le ciel a voulu faire de moi un grand prince, puisqu'il m'a fait trouver, dans les écueils ordinaires des Rois, des secours pour devenir vertueux.

Jamais les Bactriens ne virent des temps si heureux. Arsace & Isménie disoient qu'ils régnoient sur le meilleur peuple de l'univers ; les Bactriens disoient qu'ils vivoient sous les meilleurs de tous les princes.

Il disoit qu'étant né sujet, il avoit souhaité mille fois de vivre sous un bon prince, & que ses sujets faisoient sans doute les mêmes vœux que lui.

Il ajoûtoit qu'ayant le cœur d'Isménie, il devoit lui offrir tous les
cœurs de l'univers ; il ne pouvoit
lui apporter un trône, mais des vertus capables de le remplir.

Il croyoit que son amour devoit
passer à la postérité, & qu'il n'y pas-
seroit jamais mieux qu'avec sa gloire.
Il vouloit qu'on écrivît ces paroles
sur son tombeau : *Isménie a eu pour
époux un Roi chéri des mortels.*

Il disoit qu'il aimoit Aspar son
premier Ministre, parcequ'il parloit toujours des sujets, plus rarement du Roi, & jamais de lui-
même.

Il a, disoit-il, trois grandes choses, l'esprit juste, le cœur sensible,
& l'ame sincere.

Arsace parloit souvent de l'inno-
cence de son administration. Il disoit

qu'il confervoit fes mains pures,
parceque le premier crime qu'il
commettroit décideroit de toute fa
vie, & que là commenceroit la
chaîne d'une infinité d'autres.

Je punirois, difoit-il, un homme
fur des foupçons. Je croirois en
refter là ; non. De nouveaux foupçons me viendroient en foule contre
les parents & les amis de celui que
j'aurois fait mourir. Voilà le germe
d'un fecond crime. Ces actions vio-
lentes me feroient penfer que je
ferois haï de mes fujets : je com-
mencerois à les craindre. Ce feroit
le fujet de nouvelles exécutions,
qui deviendroient elles-mêmes le
fujet de nouvelles frayeurs.

Que fi ma vie étoit une fois mar-
quée de ces fortes de taches, le
défefpoir d'acquérir une bonne réputation

putation viendroit me faifir ; & ,
voyant que je n'effacerois jamais le
paffé , j'abandonnerois l'avenir.

Arface aimoit fi fort à conferver
les loix & les anciennes coutumes
des Bactriens, qu'il trembloit toujours au mot de la réformation des
abus , parcequ'il avoit fouvent re-
marqué que chacun appelloit loi
ce qui étoit conforme à fes vues, &
appelloit abus tout ce qui choquoit
fes intérêts.

Que , de corrections en corrections d'abus, au lieu de rectifier les
chofes , on parvenoit à les anéantir.

Il étoit perfuadé que le bien ne
devoit couler dans un état que par
le canal des loix ; que le moyen de
faire un bien permanent, c'étoit en
faifant le bien de les fuivre ; que le
moyen de faire un mal permanent ,

E

c'étoit en faisant le mal de les choquer.

Que les devoirs des princes ne
consistoient pas moins dans la défense des loix contre les passions des
autres que contre leurs propres passions.

Que le desir général de rendre
les hommes heureux étoit naturel
aux princes; mais que ce desir n'a-
boutissoit à rien s'ils ne se procu-
roient continuellement des connois-
sances particulieres pour y parvenir.

Que, par un grand bonheur, le
grand art de régner demandoit plus
de sens que de génie, plus de desirs
d'acquérir des lumieres, que de
grandes lumieres, plutôt des con-
noissances pratiques que des con-
noissances abstraites, plutôt un certain discernement pour connoître

les hommes que la capacité de les former.

Qu'on apprenoit à connoître les hommes en se communiquant à eux, comme on apprend toute autre chose. Qu'il est très incommode pour les défauts & pour les vices de se cacher toujours. Que la plupart des hommes ont une enveloppe; mais qu'elle tient & serre si peu, qu'il est très difficile que quelque côté ne vienne à se découvrir.

Arsace ne parloit jamais des affaires qu'il pouvoit avoir avec les étrangers; mais il aimoit à s'entretenir de celles de l'intérieur de son royaume, parceque c'étoit le seul moyen de le bien connoître; & là dessus il disoit qu'un bon prince devoit être secret; mais qu'il pouvoit quelquefois l'être trop.

Eij

Il difoit qu'il fentoit en lui-même
qu'il étoit un bon Roi ; qu'il étoit
doux, affable, humain ; qu'il aimoit
la gloire, qu'il aimoit fes fujets ;
que cependant, fi, avec ces belles
qualités, il ne s'étoit gravé dans l'efprit les grands principes de gouvernement, il feroit arrivé la chofe
du monde la plus trifte, que fes
fujets auroient eu un bon Roi, &
qu'ils auroient peu joui de ce bonheur, & que ce beau préfent de la
Providence auroit été en quelque
forte inutile pour eux.

Celui qui croit trouver le bonheur
fur le trône, fe trompe, difoit Arface : on n'y a que le bonheur qu'on
y a porté, & fouvent même on y
rifque ce bonheur que l'on a porté.
Si donc les dieux, ajoutoit-il, n'ont
pas fait le commandement pour le

bonheur de ceux qui commandent, il faut qu'ils l'aient fait pour le bonheur de ceux qui obéissent.

Arface savoit donner parcequ'il savoit refuser.

Souvent, disoit-il, quatre villages ne suffisent pas pour faire un don à un grand seigneur prêt à devenir misérable, ou à un misérable prêt à devenir grand seigneur. Je puis bien enrichir la pauvreté d'état ; mais il m'est impossible d'enrichir la pauvreté de luxe.

Arface étoit plus curieux d'entrer dans les chaumieres que dans les palais de sés grands.

C'est là que je trouve mes vrais conseillers. Là je me ressouviens de ce que mon palais me fait oublier. Ils me disent leurs besoins. Ce sont les petits malheurs de chacun qui

E iij

composent le malheur général. Je
m'instruis de tous ces malheurs, qui
tous ensemble pourroient former le
mien.

C'est dans ces chaumieres que je
vois ces objets tristes qui font toujours les délices de ceux qui peuvent
les faire changer, & qui me font
connoître que je puis devenir un
plus grand prince que je ne suis. J'y
vois la joie succéder aux larmes ; au
lieu que dans mon palais je ne puis
gueres voir que les larmes succéder à
la joie.

On lui dit un jour que, dans quelques réjouissances publiques, des
farceurs avoient chanté ses loüan-
ges.

Savez-vous bien, dit-il, pourquoi je permets à ces gens-là de me
loüer ? C'est afin de me faire mépri-

fer la flatterie, & de la rendre vile à tous les gens de bien. J'ai un si grand pouvoir, qu'il sera toujours naturel de chercher à me plaire. J'espere bien que les dieux ne permettront point que la flatterie me plaise jamais. Pour vous, mes amis, dites-moi la vérité; c'est la seule chose du monde que je desire, parceque c'est la seule chose du monde qui puisse me manquer.

Ce qui avoit troublé la fin du regne d'Artamene, c'est que dans sa jeunesse il avoit conquis quelques petits peuples voisins, situés entre la Médie & la Bactriane. Ils étoient ses alliés; il voulut les avoir pour sujets; il les eut pour ennemis; &, comme ils habitoient les montagnes, ils ne furent jamais bien assujettis; au contraire, les Medes se servoient d'eux

E iv

pour troubler le royaume : de forte
que le conquérant avoit beaucoup
affoibli le monarque, & que, lorfque Arface monta fur le trône,
ces peuples étoient encore peu affec-
tionnés. Bientôt les Medes les firent
révolter. Arface vola , & les fou-
mit. Il fit affembler la nation , &
parla ainfi :

« Je fais que vous fouffrez im-
« patiemment la domination des
« Bactriens : je n'en fuis point fur-
« pris. Vous aimez vos anciens rois
« qui vous ont comblés de bien-
« faits. C'eft à moi à faire enforte,
« par ma modération & par ma juf-
« tice , que vous me regardiez
« comme le vrai fucceffeur de ceux
« que vous avez tant aimés.

Il fit venir les deux chefs les plus
dangereux de la révolte, & dit au
peuple :

« Je les fais mener devant vous
« pour que vous les jugiez vous-
« mêmes.

Chacun en les condamnant cher-
cha à se justifier.

« Connoissez, leur dit-il, le bon-
« heur que vous avez de vivre sous
« un Roi qui n'a point de passion lors-
« qu'il punit, & qui n'en met que
« quand il récompense; qui croit que
« la gloire de vaincre n'est que l'effet
« du sort, & qu'il ne tient que de
« lui-même celle de pardonner.

« Vous vivrez heureux sous mon
« empire, & vous garderez vos usages
« & vos loix. Oubliez que je vous ai
« vaincus par les armes, & ne le soyez
« que par mon affection.

Toute la nation vint rendre graces à Arsace de sa clémence & de
la paix. Des vieillards portoient la

E v

parole. Le premier parla ainſi :

« Je crois voir ces grands arbres qui
« font l'ornement de notre contrée.
« Tu en es la tige, & nous en ſom-
« mes les feuilles ; elles couvriront
« les racines des ardeurs du ſoleil.

Le ſecond lui dit :

« Tu avois à demander aux dieux
« que nos montagnes s'abaiſſaſſent
« pour qu'elles ne puſſent pas nous
« défendre contre toi. Demande-
« leur aujourd'hui qu'elles s'élevent
« juſques aux nues, pour qu'elles
« puiſſent mieux te défendre contre
« tes ennemis.

Le troiſieme dit enſuite :

« Regarde le fleuve qui traverſe
« notre contrée ; là où il eſt impé-
« tueux & rapide, après avoir tout
« renverſé, il ſe diſſipe & ſe diviſe
« au point que les femmes le tra-

« versent à pied. Mais si tu le re-
« gardes dans les lieux où il est doux
« & tranquille, il grossit lentement
« ses eaux, il est respecté des nations,
« & il arrête les armées.

Depuis ce temps ces peuples furent les plus fideles sujets de la Bactriane.

Cependant le Roi de Médie apprit qu'Arsace régnoit dans la Bactriane. Le souvenir de l'affront qu'il
avoit reçu se réveilla dans son cœur.
Il avoit résolu de lui faire la guerre.
Il demanda le secours du Roi
d'Hircanie.

« Joignez-vous avec moi, lui
« écrivit-il, poursuivons une ven-
« geance commune. Le ciel vous
« destinoit la Reine de Bactriane;
« un de mes sujets vous l'a ravie:
« venez la conquérir.

E vj

Le Roi d'Hircanie lui fit cette réponse :

« Je ferois aujourd'hui en fer-
« vitude chez les Bactriens, si je n'a-
« vois trouvé des ennemis généreux.
« Je rends graces au ciel de ce qu'il
« a voulu que mon regne commen-
« çât par des malheurs. L'adverfité
« eft notre mere; la profpérité n'eft
« que notre marâtre. Vous me pro-
« pofez des querelles qui ne font
« pas celles des Rois. Laiffons jouir
« le Roi & la Reine de Bactriane
« du bonheur de fe plaire & de s'ai-
« mer.

F I N.

DISCOURS

PRONONCÉ

PAR M. LE PRÉSIDENT

DE MONTESQUIEU,

A la rentrée du Parlement de Bordeaux, le jour de la S. Martin 1725.

DISCOURS

PRONONCÉ

PAR M. LE PRÉSIDENT

DE MONTESQUIEU,

À la rentrée du Parlement de Bordeaux, le jour de la S. Martin 1725.

QUE celui d'entre nous qui a rendu les loix efclaves de l'iniquité de fes jugements périffe fur l'heure! Qu'il trouve en tous lieux la préfence d'un Dieu vengeur, & les puiffances céleftes irritées! Qu'un feu forte de deffous terre, & dévore fa maifon! Que fa poftérité foit à jamais humiliée! Qu'il cherche fon pain, & ne le trouve pas! Qu'il foit un exemple affreux de la juſtice du ciel , comme il en a été un de l'injuſtice de la terre !

C'eſt à-peu-près ainſi , Meſſieurs, que parloit un grand empereur ; & ces paroles ſi triſtes , ſi terribles , ſont pour vous pleines de conſola-tion, vous pouvez tous dire en ce moment à ce peuple aſſemblé , avec la confiance d'un juge d'Iſraël : « Si j'ai commis quelque injuſtice , ſi « j'ai opprimé quelqu'un de vous , « ſi j'ai reçu des préſens de quelqu'un « d'entre vous ; qu'il éleve la voix, « qu'il parle contre moi aux yeux « du Seigneur , *loquimini de me* « *coram Domino , & contemnam* « *illud hodiè.*

Je ne parlerai donc point de ces grandes corruptions, qui dans tous les temps ont été le préſage du chan-

gement ou de la chûte des états;
de ces injuſtices de deſſein formé;
de ces méchancetés de ſyſtême;
de ces vies toutes marquées de crimes, où des jours d'iniquité ont toujours ſuivi des jours d'iniquité; de
ces magiſtratures exercées au milieu
des reproches, des pleurs, des murmures, & des craintes de tous les
citoyens : contre des juges pareils,
contre des hommes ſi funeſtes, il
faudroit un tonnerre; la honte &
les reproches ne font rien.

Ainſi, ſuppoſant dans un magiſ-
trat ſa vertu eſſentielle, qui eſt la
juſtice, qualité ſans laquelle il n'eſt
qu'un monſtre dans la ſociété, &
avec laquelle il peut être un très
mauvais citoyen, je ne parlerai que
des acceſſoires qui peuvent faire que
cette juſtice abondera plus ou moins.

Il faut qu'elle foit éclairée, il faut qu'elle foit prompte, qu'elle ne foit point auftere, & enfin qu'elle foit univerfelle.

Dans l'origine de notre monarchie, nos peres pauvres, & plutôt pafteurs que laboureurs, foldats plutôt que citoyens, avoient peu d'intérêts à régler; quelques loix fur le partage du butin, fur la pâture ou le larcin des beftiaux, régloient tout dans la république : tout le monde étoit bon pour être magiftrat chez un peuple fimple qui bornoit fes befoins aux chofes néceffaires à fa fubfiftance, & qui avoit recours aux armes pour les conquérir fur fes voifins, lorfqu'elles manquoient chez lui.

Mais, depuis que nous avons quitté nos mœurs fauvages; depuis

que, vainqueurs des Gaulois & des
Romains, nous avons pris leur po-
lice; que le code militaire a cédé au
code civil; depuis sur-tout que les
loix des fiefs n'ont plus été les seu-
les loix de la noblesse, le seul code
de l'état, & que par ce dernier
changement le commerce & le labourage ont été encouragés, que les
richesses des particuliers & leur avarice se sont accrues; qu'on a eu à
démêler de grands intérêts, & des
intérêts presque toujours cachés;
que la bonne foi ne s'est réservé
que quelques affaires de peu d'im-
portance, tandis que l'artifice & la
fraude se sont retirés dans les con-
trats : nos codes se sont augmentés;
il a fallu joindre les loix étrangeres
aux nationales; le respect pour la
religion y a mêlé les canoniques;

& les magiftratures n'ont plus été le partage que des citoyens les plus éclairés.

Les juges fe font trouvés toujours au milieu des pieges & des furprifes, & la vérité a laiffé dans leurs efprits les mêmes méfiances que l'erreur.

L'obfcurité du fond a fait naître la forme. Les fourbes, qui ont efpéré de pouvoir cacher leur malice, s'en font fait une efpece d'art : des profeffions entieres fe font établies, les unes pour obfcurcir, les autres pour alonger les affaires ; & le juge a eu moins de peine à fe défendre de la mauvaife foi du plaideur, que de l'artifice de celui à qui il confioit fes intérêts.

Pour lors il n'a plus fuffi que le magiftrat examinât la pureté de fes intentions ; ce n'a plus été affez qu'il pût dire à Dieu, *proba me, Deus, & scito cor meum* ; il a fallu qu'il examinât son esprit, ses connoissan-ces & ses talents. Il a fallu qu'il se rendît compte de ses études, qu'il portât toute sa vie le poids d'une ap-plication sans relâche, & qu'il vît si cette application pouvoit donner à son esprit la mesure des connoissan-ces, & le degré de lumiere que son état exigeoit.

On lit dans les relations de cer-tains voyageurs qu'il y a des mines où les travailleurs ne voient jamais le jour. Ils sont une image bien na-turelle de ces gens dont l'esprit, appesanti sous les organes, n'est capable de recevoir aucun degré de clairvoyance. Une pareille incapa-cité exige d'un homme juste qu'il se retire de la magistrature ; une

moindre incapacité exige d'un homme juste qu'il la surmonte par des
sueurs & par des veilles.

Il faut encore que la justice soit
prompte. Souvent l'injustice n'est
pas dans le jugement, elle est dans
les délais ; souvent l'examen a fait
plus de tort qu'une décision contraire. Dans la constitution présente,
c'est un état que d'être plaideur ; on
porte ce titre jusqu'à son dernier âge ;
il va à la postérité, il passe de neveux
en neveux jusqu'à la fin d'une malheureuse famille.

La pauvreté semble toujours at-
tachée à ce titre si triste. La justice la
plus exacte ne sauve jamais que d'une
partie des malheurs ; & tel est l'état
des choses, que les formalités in-
troduites pour conserver l'ordre public, sont aujourd'hui le fléau des

particuliers. L'induſtrie du palais eſt devenue une ſource de fortunes, comme le commerce & le labourage : la maltôte a trouvé à s'y repaître & à diſputer à la chicane la ruine d'un malheureux plaideur.

Autrefois les gens de bien menoient devant nos tribunaux les hommes injuſtes ; aujourd'hui ce ſont les hommes injuſtes qui y traduiſent les gens de bien. Le dépoſitaire a oſé nier le dépôt, parcequ'il a eſpéré que la bonne foi craintive ſe laſſeroit bientôt de le demander en juſtice ; & le raviſſeur a fait connoître à celui qu'il opprimoit, qu'il n'étoit pas de ſa prudence de continuer à lui demander raiſon de ſes violences.

On a vu (ô ſiecle malheureux!) des hommes iniques menacer de la justice ceux à qui ils enlevoient leurs biens, & apporter pour raison de leurs vexations la longueur du temps, & la ruine inévitable à ceux qui voudroient les faire cesser.

Mais, quand l'état de ceux qui plaident ne seroit point ruineux, il suffiroit qu'il fût incertain pour nous engager à le faire finir. Leur condition est toujours malheureuse, parce qu'il leur manque quelque sûreté du côté de leurs biens, de leur fortune, & de leur vie.

. Cette même considération doit inspirer à un magistrat juste une grande affabilité, puisqu'il a toujours affaire à des gens malheureux. Il faut que le peuple soit toujours présent à ses inquiétudes; semblable à ces bornes que les voyageurs trouvent dans les grands chemins, sur

lesquelles

lesquelles ils reposent leur fardeau. Cependant on a vu des juges qui, refusant à leurs parties tous les égards, pour conserver, disoient-ils, la neutralité, tomboient dans une rudesse qui les en faisoit plus sûrement sortir.

Mais qui est-ce qui a jamais pu dire, si l'on en excepte les Stoïciens, que cette affection générale pour le genre humain, qui est la vertu de l'homme considéré en lui-même, soit une vertu étrangere au caractere de juge? Si c'est la puissance qui doit endurcir les cœurs, voyez comme l'autorité paternelle endurcit le cœur des peres, & reglez votre magistrature sur la premiere de toutes les magistratures.

Mais, indépendamment de l'humanité, la bienséance & l'affabilité

F

chez un peuple poli deviennent une partie de la juſtice ; & un juge qui en manque pour ſes clients, commence dès lors à ne plus rendre à chacun ce qui lui appartient. Ainſi dans nos mœurs il faut qu'un juge ſe conduiſe envers ſes parties de maniere qu'il leur paroiſſe bien plutôt réſervé que grave, & qu'il leur faſſe voir la probité des Catons, ſans leur en montrer la rudeſſe & l'auſtérité.

J'avoue qu'il y a des occaſions où il n'eſt point d'ame bienfaiſante qui ne ſe ſente indignée. L'uſage qui a introduit les ſollicitations, ſemble avoir été fait pour éprouver la patience des juges qui ont du courage & de la probité. Telle eſt la corruption du cœur des hommes, qu'il ſemble que la conduite générale ſoit de la ſuppoſer toujours dans le cœur des autres.

O vous qui employez pour nous
féduire tout ce que vous pouvez
vous imaginer de plus inévitable;
qui, pour nous mieux gagner, cher-
chez toutes nos foibleffes; qui mettez en œuvre la flatterie, les baffef-
fes, le crédit des grands, le charme
de nos amis, l'afcendant d'une
époufe chérie, quelquefois même
un empire que vous croyez plus fort;
qui, choififfant toutes nos paffions,
faites attaquer notre cœur par l'endroit le moins défendu ; puiffiez-
vous à jamais manquer tous vos def-
feins, & n'obtenir que de la confufion dans vos entreprifes!

Nous n'aurons point à vous faire
les reproches que Dieu fait aux pé-
cheurs dans les livres faints : *vous
m'avez fait fervir à vos iniquités;*
nous réfifterons à vos follicitations

les plus hardies, & nous vous ferons
fentir la corruption de votre cœur &
la droiture du nôtre.

Il faut que la juftice foit univerfelle. Un juge ne doit pas être
comme l'ancien Caton, qui fut le
plus jufte de fon tribunal, & non de
fa famille. La juftice doit être en
nous une conduite générale. Soyons
juftes dans tous les lieux, juftes à
tous égards, envers toutes perfonnes, en toutes occafions.

Ceux qui ne font juftes que dans
les cas où leur profeffion l'exige,
qui prétendent être équitables dans
les affaires des autres, lorfqu'ils ne
font pas incorruptibles dans ce qui
les touche eux-mêmes, qui n'ont
point mis l'équité dans les plus petits
événements de leur vie, courent
rifque de perdre bientôt cette juftice

même qu'ils rendent fur le tribunal. Des juges de cette efpece reffemblent à ces monftrueufes divinités que la fable avoit inventées, qui mettoient bien quelque ordre dans l'univers ; mais qui , chargées de crimes & d'imperfections , troubloient elles-mêmes leurs loix, & faifoient rentrer le monde dans tous les déréglements qu'elles en avoient bannis.

Que le rôle de l'homme privé ne faffe donc point de tort à celui de l'homme public : car dans quel trouble d'efprit un juge ne jette-t-il point les parties , lorfqu'elles lui voient les mêmes paffions que celles qu'il faut qu'il corrige, & qu'elles trouvent fa conduite répréhenfible comme celle qui a fait naître leurs plaintes ? « S'il aimoit la juftice,

« diroient-elles, la refuferoit-il aux
« perfonnes qui lui font unies par
« des liens fi doux, fi forts, fi fa-
« crés, à qui il doit tenir par tant
« de motifs d'eftime, d'amour, de
« reconnoiffance, & qui peut-être
« ont mis tout leur bonheur entre
« fes mains ?

Les jugements que nous rendons
fur le tribunal peuvent rarement dé-
cider de notre probité ; c'eft dans les
affaires qui nous intéreffent particulièrement que notre cœur fe déve-
loppe & fe fait connoître : c'eft là-
deffus que le peuple nous juge ; c'eft
là-deffus qu'il nous craint ou qu'il
efpere de nous. Si notre conduite
eft condamnée, fi elle eft foup-
çonnée, nous devenons foumis à
une efpece de récufation publique,
& le droit de juger que nous exer-

çons eſt mis par ceux qui ſont obli-
gés de le ſouffrir, au rang de leurs
calamités.

Avocats, la cour connoît votre
intégrité, & elle a du plaiſir de pouvoir vous le dire. Les plaintes contre votre honneur n'ont point encore
monté juſqu'à elle. Sachez pourtant
qu'il ne ſuffit pas que votre miniſ-
tere ſoit déſintéreſſé pour être pur.
Vous avez du zele pour vos parties,
& nous le louons ; mais ce zele devient criminel lorſqu'il vous fait oublier ce que vous devez à vos adver-
ſaires. Je ſais bien que la loi d'une
juſte défenſe vous oblige ſouvent
de révéler des choſes que la honte
avoit enſevelies ; mais c'eſt un mal
que nous ne tolérons que lorſqu'il
eſt abſolument néceſſaire. Apprenez
de nous cette maxime, & ſouvenez-

vous-en toujours : *Ne dites jamais la vérité aux dépens de votre vertu.*

Quel triste talent que celui de savoir déchirer les hommes! Les saillies de certains esprits sont peut-être les plus grandes épines de notre ministere ; & , bien loin que ce qui fait rire le peuple puisse mériter nos applaudissements , nous pleurons toujours sur les infortunés qu'on déshonore.

Quoi! la honte suivra tous ceux qui approchent de ce sacré tribunal! Hélas! craint-on que les graces de la justice ne soient trop pures? Que peut-on faire de pis pour les parties? On les fait gémir sur leurs succès mêmes, & on leur rend, pour me servir des termes de l'Ecriture, les fruits de la justice amers comme de l'absynthe.

Eh ! de bonne foi, que voulez-vous que nous répondions quand on viendra nous dire : « Nous fommes « venus devant vous, & on nous y « a couverts de confufion & d'igno-« minie ; vous avez vu nos plaies, « & vous n'avez pas voulu y mettre « d'huile ; vous vouliez réparer les « outrages qu'on nous a faits loin « de vous, & on nous en fait fous « vos yeux de plus réels, & vous « n'avez rien dit. Vous que, fur le « tribunal où vous étiez, nous regar-« dions comme les dieux de la terre, « *vous avez été muets comme des* « *ftatues de bois & de pierre.* Vous « dites que vous nous confervez « nos biens ; eh ! notre honneur « nous eft mille fois plus cher que « nos biens. Vous dites que vous « mettez en fûreté notre vie ; ah !

F v

« notre honneur nous eſt bien d'un
« autre prix que notre vie. Si vous
« n'avez pas la force d'arrêter les
« ſaillies d'un orateur emprunté ,
« indiquez-nous du moins quelque
« tribunal plus juſte que le vôtre.
« Que ſavons-nous ſi vous n'avez
« pas partagé le barbare plaiſir que
« l'on vient de donner à nos parties ?
« ſi vous n'avez pas joui de notre
« déſeſpoir ? & ſi-ce que nous vous
« reprochons comme une foibleſſe,
« nous ne devions pas plutôt vous
« le reprocher comme un crime ?

Avocats , nous n'aurions jamais
la force de ſoutenir de ſi cruels reproches, & il ne ſeroit jamais dit que
vous auriez été plus prompts à manquer aux premiers devoirs, que nous
à vous les faire connoître.

Procureurs , vous devez trembler

tous les jours de votre vie fur votre
miniftere. Que dis-je ? vous devez
nous faire trembler nous-mêmes.
Vous pouvez à tous moments nous
fermer les yeux fur la vérité, nous
les ouvrir fur des lueurs & des appa-
rences. Vous pouvez nous lier les
mains, éluder les difpofitions les
plus juftes, & en abufer; préfenter
fans ceffe à vos parties la juftice,
& ne leur faire embraffer que fon
ombre; leur faire efpérer la fin, &
la reculer toujours; les faire marcher dans un dédale d'erreurs. Pour
lors, d'autant plus dangereux que
vous feriez plus habiles, vous feriez
verfer fur nous-mêmes une partie de
la haine. Ce qu'il y auroit de plus
trifte dans votre profeffion, vous le
répandriez fur la nôtre, & nous de-
viendrions bientôt les plus grands

criminels après les premiers coupables. Mais que n'anobliffez-vous
votre profeffion par la vertu qui les
orne toutes ? Que nous ferions charmés de vous voir travailler à devenir
plus juftes que nous ne le fommes !
Avec quel plaifir vous pardonne-
rions-nous cette émulation ! & combien nos dignités nous paroîtroient-
elles viles auprès d'une vertu qui
nous feroit chere !

Lorfque plufieurs de vous ont
mérité l'eftime de la cour, nous nous
fommes réjouis des fuffrages que
nous leur avons donnés : il nous
fembloit que nous allions marcher
dans des fentiers plus sûrs ; nous
nous imaginions nous-mêmes avoir
acquis un nouveau degré de juftice.
Nous n'aurons point, difions-nous,
à nous défendre de leurs artifices;

ils vont concourir avec nous *à l'œu-vre du jour*; & peut-être verrons-nous le temps où le peuple fera dé-livré de tout fardeau. Procureurs, vos devoirs touchent de fi près les nôtres, que nous qui fommes pré-pofés pour vous reprendre, nous vous conjurons de les obferver. Nous ne vous parlons point en juges; nous oublions que nous fommes vos ma-giftrats; nous vous prions de nous laiffer notre probité, de ne nous point ôter le refpect des peuples, & de ne nous point empêcher d'en être les peres.

F I N.

RÉFLEXIONS

Sur les caufes du plaifir qu'excitent
en nous les Ouvrages d'Efprit &
les produ&tions des Beaux Arts.

RÉFLEXIONS

Sur les causes du plaisir qu'excitent
en nous les Ouvrages d'Esprit &
les productions des Beaux Arts.

Dans notre maniere d'être ac-
tuelle, notre ame goûte trois sortes
de plaisirs : il y en a qu'elle tire du
fond de son existence même ; d'autres qui résultent de son union avec
le corps ; d'autres enfin qui sont
fondés sur les plis & les préjugés
que de certaines institutions , de
certains usages , de certaines habi-
tudes lui ont fait prendre.

Ce sont ces différents plaisirs de
notre ame qui forment les objets du
goût , comme le beau, le bon, l'a-
gréable, le naïf, le délicat, le ten-

dre, le gracieux, le je ne fais quoi,
le noble, le grand, le fublime, le
majeftueux, &c. Par exemple, lorfque nous trouvons du plaifir à voir
une chofe avec une utilité pour nous,
nous difons qu'elle eft bonne; lorfque nous trouvons du plaifir à la
voir, fans que nous y démêlions une
utilité préfente, nous l'appellons
belle.

Les fources du beau, du bon, de
l'agréable, &c. font donc dans nous-
mêmes; & en chercher les raifons,
c'eft chercher les caufes des plaifirs
de notre ame.

Examinons donc notre ame; étu-
dions-la dans fes actions & dans fes
paffions, cherchons-la dans fes plaifirs; c'eft là où elle fe manifefte
davantage. La poéfie, la peinture,
la fculpture, l'architecture, la mufi-

que, la danse, les différentes sortes de jeux; enfin les ouvrages de la nature & de l'art peuvent lui donner du plaisir : voyons pourquoi, comment, & quand ils le lui donnent; rendons raison de nos sentiments : cela pourra contribuer à nous former le goût, qui n'est autre chose que l'avantage de découvrir avec finesse & avec promptitude la mesure du plaisir que chaque chose doit donner aux hommes.

DES PLAISIRS

DE NOTRE AME.

L'AME, indépendamment des plaisirs qui lui viennent des sens, en a qu'elle auroit indépendamment d'eux, & qui lui sont propres : tels sont ceux que lui donnent la curiosité ; les idées de sa grandeur, de ses perfections ; l'idée de son existence, opposée au sentiment du néant ; le plaisir d'embrasser tout d'une idée générale, celui de voir un grand nombre de choses, &c. celui de comparer, de joindre & de séparer les idées. Ces plaisirs sont dans la nature de l'ame, indépendamment des sens, parcequ'ils appartiennent à tout être qui pense ; & il est fort

indifférent d'examiner ici ſi notre
ame a ces plaiſirs comme ſubſtance
unie avec le corps, ou comme ſé-
parée du corps, parcequ'elle les a
toujours, & qu'ils ſont les objets
du goût : ainſi nous ne diſtinguerons
point ici les plaiſirs qui viennent à
l'ame de ſa nature, d'avec ceux qui
lui viennent de ſon union avec le
corps ; nous appellerons tout cela
plaiſirs naturels, que nous diſtinguerons des plaiſirs acquis, que
l'ame ſe fait par de certaines liaiſons
avec les plaiſirs naturels ; & de la
même maniere & par la même raiſon, nous diſtinguerons le goût naturel & le goût acquis.

Il eſt bon de connoître la ſource
des plaiſirs dont le goût eſt la me-
ſure : la connoiſſance des plaiſirs naturels & acquis pourra nous ſervir

à rectifier notre goût naturel & notre goût acquis. Il faut partir de l'état où est notre être, & connoître quels font ses plaisirs, pour parvenir à les mesurer, & même quelquefois à les sentir.

Si notre ame n'avoit point été unie au corps, elle auroit connu; mais il y a apparence qu'elle auroit aimé ce qu'elle auroit connu : à préfent nous n'aimons prefque que ce que nous ne connoiffons pas.

Notre maniere d'être est entièrement arbitraire; nous pouvions avoir été faits comme nous fommes, ou autrement. Mais fi nous avions été faits autrement, nous verrions autrement; un organe de plus ou de moins dans notre machine nous auroit fait une autre éloquence, une autre poéfie; une contexture diffé-

rente des mêmes organes auroit fait
encore une autre poésie : par exemple, si la constitution de nos organes
nous avoit rendus capables d'une
plus longue attention, toutes les
regles qui proportionnent la dispo-
sition du sujet à la mesure de notre
attention, ne seroient plus ; si nous
avions été rendus capables de plus
de pénétration, toutes les regles qui
sont fondées sur la mesure de notre
pénétration tomberoient de même ;
enfin toutes les loix établies sur ce
que notre machine est d'une certaine
façon, seroient différentes si notre
machine n'étoit pas de cette façon.

Si notre vue avoit été plus foible
& plus confuse, il auroit fallu moins
de moulures & plus d'uniformité
dans les membres de l'architecture:
si notre vue avoit été plus distincte,

& notre ame capable d'embraffer plus de chofes à la fois, il auroit fallu dans l'architecture plus d'ornements : fi nos oreilles avoient été faites comme celles de certains animaux, il auroit fallu réformer bien de nos inftruments de mufique. Je fais bien que les rapports que les chofes ont entre elles auroient fubfifté ; mais le rapport qu'elles ont avec nous ayant changé, les chofes qui, dans l'état préfent, font un certain effet fur nous, ne le feroient plus ; &, comme la perfection des arts eft de nous préfenter les chofes telles qu'elles nous faffent le plus de plaifir qu'il eft poffible, il faudroit qu'il y eût du changement dans les arts, puifqu'il y en auroit dans la maniere la plus propre à nous donner du plaifir.

On

On croit d'abord qu'il fuffiroit de connoître les diverfes fources de nos plaifirs pour avoir le goût, & que, quand on a lu ce que la philofophie nous dit là-deffus, on a du goût, & que l'on peut hardiment juger des ouvrages. Mais le goût naturel n'eft pas une connoiffance de théorie ; c'eft une application prompte & exquife des regles mêmes que l'on ne connoît pas. Il n'eft pas néceffaire de favoir que le plaifir que nous donne une certaine chofe que nous trouvons belle, vient de la furprife ; il fuffit qu'elle nous furprenne, & qu'elle nous furprenne autant qu'elle le doit, ni plus ni moins.

Ainfi ce que nous pourrions dire ici, & tous les préceptes que nous pourrions donner pour former le goût, ne peuvent regarder que le

G

goût acquis, c'eſt-à-dire, ne peuvent
regarder directement que ce goût
acquis, quoiqu'ils regardent encore
indirectement le goût naturel ; car
le goût acquis affecte, change, augmente & diminue le goût naturel,
comme le goût naturel affecte,
change, augmente & diminue le
goût acquis.

La définition la plus générale du
goût, ſans conſidérer s'il eſt bon ou
mauvais, juſte ou non, eſt ce qui
nous attache à une choſe par le ſentiment ; ce qui n'empêche pas qu'il ne
puiſſe s'appliquer aux choſes intellectuelles, dont la connoiſſance fait
tant de plaiſir à l'ame qu'elle étoit
la ſeule félicité que de certains phi-
loſophes puſſent comprendre. L'ame
connoît par ſes idées & par ſes ſen-
timens : car, quoique nous oppo-

sions l'idée au sentiment, cependant, lorsqu'elle voit une chose, elle la sent; & il n'y a point de chofes si intellectuelles qu'elle ne voie ou qu'elle ne croie voir, & par conféquent qu'elle ne fente.

DE L'ESPRIT

EN GÉNÉRAL.

L'ESPRIT eft le genre qui a sous lui plufieurs efpeces, le génie, le bon fens, le difcernement, la juſteſſe, le talent, & le goût.

L'efprit confifte à avoir les organes bien conftitués, relativement aux chofes où il s'applique. Si la chofe eft extrêmement particuliere, il se nomme talent; s'il a plus de rapport à un certain plaifir délicat des gens du monde, il se nomme goût; si la chose particuliere est unique chez un peuple, le talent se nomme esprit, comme l'art de la guerre & l'agriculture chez les Romains, la chasse chez les sauvages, &c.

DE LA CURIOSITÉ.

NOTRE ame est faite pour penser, c'est-à-dire, pour appercevoir : or un tel être doit avoir de la curiosité; car, comme toutes les choses sont dans une chaîne où chaque idée en précede une & en suit une autre, on ne peut aimer à voir une chose sans desirer d'en voir une autre; &, si nous n'avions pas ce desir pour celle-ci, nous n'aurions eu aucun plaisir à celle-là. Ainsi, quand on nous montre une partie d'un tableau, nous souhaitons de voir la partie qu'il nous cache, à proportion du plaisir que nous a fait celle que nous avons vue.

C'est donc le plaisir que nous donne un objet, qui nous porte vers un autre; c'est pour cela que l'ame cherche toujours des choses nouvelles, & ne se repose jamais.

Ainsi on sera toujours sûr de plaire à l'ame lorsqu'on lui fera voir beaucoup de choses, ou plus qu'elle n'avoit espéré d'en voir.

Par-là on peut expliquer la raison pourquoi nous avons du plaisir lorsque nous voyons un jardin bien régulier, & que nous en avons encore lorsque nous voyons un lieu brut & champêtre : c'est la même cause qui produit ces effets. Comme nous

G iij

aimons à voir un grand nombre
d'objets, nous voudrions étendre
nôtre vue, être en plufieurs lieux,
parcourir plus d'efpaces ; enfin notre
ame fuit les bornes, & elle voudroit,
pour ainfi dire, étendre la fphere
de fa préfence : ainfi c'eft un grand
plaifir pour elle de porter fa vue au
loin. Mais comment le faire ? Dans
les villes ? notre vue eft bornée par
des maifons. Dans les campagnes ?
elle l'eft par mille obftacles ; à peine
pouvons-nous voir trois ou quatre
arbres. L'art vient à notre fecours,
& nous découvre la nature qui fe
cache elle-même ; nous aimons l'art,
& nous l'aimons mieux que la nature,
c'eft-à-dire, la nature dérobée à nos
yeux : mais quand nous trouvons de
belles fituations, quand notre vue
en liberté peut voir au loin des prés,

des ruiſſeaux, des collines, & ces diſpoſitions qui ſont, pour ainſi dire, créées exprès, elle eſt bien autre- ment enchantée que lorſqu'elle voit les jardins de Le Noſtre; parceque la nature ne ſe copie pas, au lieu que l'art ſe reſſemble toujours. C'eſt pour cela que dans la peinture nous aimons mieux un payſage que le plan du plus beau jardin du monde; c'eſt que la peinture ne prend la nature que là où elle eſt belle, là où la vue ſe peut porter au loin & dans toute ſon étendue, là où elle eſt variée, là où elle peut être vue avec plaiſir.

Ce qui fait ordinairement une grande penſée, c'eſt lorſqu'on dit une choſe qui en fait voir un grand nombre d'autres, & qu'on nous fait découvrir tout d'un coup ce que nous ne pouvions eſpérer qu'après une grande lecture. G iv

Florus nous repréſente en peu de paroles toutes les fautes d'Annibal : « lorſqu'il pouvoit, dit-il, ſe « ſervir de la victoire, il aima mieux « en jouir ; *cùm victoriâ poſſet uti,* « *frui maluit.*

Il nous donne une idée de toute la guerre de Macédoine, quand il dit : « ce fut vaincre que d'y entrer ; « *introiſſe victoria fuit.*

Il nous donne tout le ſpectacle de la vie de Scipion, quand il dit de ſa jeuneſſe : « c'eſt le Scipion qui croît « pour la deſtruction de l'Afrique ; « *hic erit Scipio qui in exitium* « *Africæ creſcit.* » Vous croyez voir un enfant qui croît & s'éleve comme un géant.

Enfin il nous fait voir le grand caractere d'Annibal, la ſituation de l'univers, & toute la grandeur du

peuple Romain, lorsqu'il dit : « An-
« nibal fugitif cherchoit au peuple
« Romain un ennemi par tout l'uni-
« vers; *qui, profugus ex Africâ,*
« *hostem populo Romano toto orbe*
« *quærebat.*

DES PLAISIRS

DE L'ORDRE.

Il ne suffit pas de montrer à l'ame
beaucoup de choses, il faut les lui
montrer avec ordre ; car pour lors
nous nous ressouvenons de ce que
nous avons vu, & nous commençons
à imaginer ce que nous verrons ;
notre ame se félicite de son étendue
& de sa pénétration : mais dans un
ouvrage où il n'y a point d'ordre,
l'ame sent à chaque instant troubler

celui qu'elle y veut mettre. La fuite
que l'auteur s'est faite, & celle que
nous nous faisons, se confondent;
l'ame ne retient rien, ne prévoit rien;
elle est humiliée par la confusion
de ses idées, par l'inanité qui lui
reste; elle est vainement fatiguée,
& ne peut goûter aucun plaisir :
c'est pour cela que, quand le dessein
n'est pas d'exprimer ou de montrer
la confusion, on met toujours de
l'ordre dans la confusion même.
Ainsi les peintres grouppent leurs
figures; ainsi ceux qui peignent les
batailles mettent-ils sur le devant
de leurs tableaux les choses que l'œil
doit distinguer, & la confusion dans
le fond & le lointain.

DES PLAISIRS

DE LA VARIÉTÉ.

MAIS s'il faut de l'ordre dans les choses, il faut aussi de la variété : sans cela l'ame languit ; car les choses semblables lui paroissent les mêmes ; & si une partie d'un tableau qu'on nous découvre ressembloit à une autre que nous aurions vue, cet objet seroit nouveau sans le paroître, & ne feroit aucun plaisir. Et, comme les beautés des ouvrages de l'art, semblables à celles de la nature, ne consistent que dans les plaisirs qu'elles nous font, il faut les rendre propres, le plus que l'on peut, à varier ces plaisirs ; il faut faire voir à l'ame des choses qu'elle n'a pas vues ;

il faut que le sentimenr qu'on lui donne soit différent de celui qu'elle vient d'avoir.

C'est ainsi que les histoires nous plaisent par la variété des récits, les romans par la variété des prodiges, les pieces de théâtre par la variété des passions; & que ceux qui savent instruire modifient le plus qu'ils peuvent le ton uniforme de l'instruction.

Une longue uniformité rend tout insupportable; le même ordre des périodes, long-temps continué, accable dans une harangue; les mêmes nombres & les mêmes chûtes mettent de l'ennui dans un long poëme. S'il est vrai que l'on ait fait cette fameuse allée de Moscow à Petersbourg, le voyageur doit périr d'ennui, renfermé entre les deux rangs de cette allée ; & celui qui aura voyagé long-temps dans les Alpes, en defcendra dégoûté des fituations les plus heureufes & des points de vue les plus charmants.

L'ame aime la variété ; mais elle ne l'aime, avons-nous dit, que parce-qu'elle eft faite pour connoître & pour voir : il faut donc qu'elle puiffe voir, & que la variété le lui permette ; c'eft-à-dire, il faut qu'une chofe foit affez fimple pour être apperçue, & affez variée pour être apperçue avec plaifir.

Il y a des chofes qui paroiffent variées, & ne le font point, d'autres qui paroiffent uniformes, & font très variées.

L'architecture gothique paroît très variée ; mais la confufion des ornements fatigue par leur petiteffe ;

ce qui fait qu'il n'y en a aucun que nous puissions distinguer d'un autre, & leur nombre fait qu'il n'y en a aucun sur lequel l'œil puisse s'arrêter: de maniere qu'elle déplaît par les endroits mêmes qu'on a choisis pour la rendre agréable.

Un bâtiment d'ordre gothique est une espece d'énigme pour l'œil qui le voit; & l'ame est embarrassée comme quand on lui présente un poëme obscur.

L'architecture grecque au contraire paroît uniforme; mais, comme elle a les divisions qu'il faut, & autant qu'il en faut pour que l'ame voie précisément ce qu'elle peut voir sans se fatiguer, mais qu'elle en voit assez pour s'occuper, elle a cette variété qui la fait regarder avec plaisir.

Il faut que les grandes chofes aient de grandes parties : les grands hommes ont de grands bras , les grands arbres de grandes branches , & les grandes montagnes font compofées d'autres montagnes , qui font au-deffus & au-deffous ; c'eft la nature des chofes qui fait cela.

L'architecture grecque, qui a peu de divifions , & de grandes divifions, imite les grandes chofes ; l'ame fent une certaine majefté qui y regne par-tout.

C'eft ainfi que la peinture divife en grouppes de trois ou quatre figures celles qu'elle repréfente dans un tableau : elle imite la nature ; une nombreufe troupe fe divife toujours en pelotons ; & c'eft encore ainfi que la peinture divife en grandes maffes fes clairs & fes obfcurs.

DES PLAISIRS

DE LA SYMMÉTRIE.

J'AI dit que l'ame aime la variété ; cependant, dans la plupart des chofes, elle aime à voir une efpece de fymmétrie. Il femble que cela renferme quelque contradiction : voici comment j'explique cela.

Une des principales caufes des plaifirs de notre ame, lorfqu'elle voit des objets, c'eft la facilité qu'elle a à les appercevoir ; & la raifon qui fait que la fymmétrie plaît à l'ame, c'eft qu'elle lui épargne de la peine, qu'elle la foulage, & qu'elle coupe, pour ainfi dire, l'ouvrage par la moitié.

De là fuit une regle générale :

par-tout où la fymmétrie eft utile à l'ame, & peut aider fes fonctions, elle lui eft agréable; mais par-tout où elle eft inutile, elle eft fade, parcequ'elle ôte la variété. Or les chofes que nous voyons fucceffive-ment doivent avoir de la variété; car notre ame n'a aucune difficulté à les voir. Celles au contraire que nous appercevons d'un coup-d'œil, doivent avoir de la fymmétrie: ainfi, comme nous appercevons d'un coup-d'œil la façade d'un bâtiment, un parterre, un temple, on y met de la fymmétrie, qui plaît à l'ame par la facilité qu'elle lui donne d'embraf-fer d'abord tout l'objet.

Comme il faut que l'objet que l'on doit voir d'un coup-d'œil foit fimple, il faut qu'il foit unique, & que les parties fe rapportent toutes à l'objet principal ; c'eſt pour cela encore qu'on aime la ſymmétrie, elle fait un tout enſemble.

Il eſt dans la nature qu'un tout ſoit achevé, & l'ame qui voit ce tout veut qu'il n'y ait point de partie imparfaite. C'eſt encore pour cela qu'on aime la ſymmétrie ; il faut une eſpece de pondération ou de balancement ; & un bâtiment avec une aile, ou une aile plus courte qu'une autre, eſt auſſi peu fini qu'un corps avec un bras ou avec un bras trop court.

DES CONTRASTES.

L'AME aime la ſymmétrie, mais elle aime auſſi les contraſtes ; ceci demande bien des explications.

Par exemple: fi la nature demande des peintres & des fculpteurs
qu'ils mettent de la fymmétrie dans
les parties de leurs figures, elle veut
au contraire qu'ils mettent des contraftes dans les attitudes. Un pied
rangé comme un autre, un membre
qui va comme un autre, font infupportables : la raifon en eft que cette
fymmétrie fait que les attitudes font
prefque toujours les mêmes, comme
on le voit dans les figures gothiques,
qui fe reffemblent toutes par-là.
Ainfi il n'y a plus de variété dans
les productions de l'art. De plus, la
nature ne nous a pas fitués ainfi; &,
comme elle nous a donné du mouvement, elle ne nous a pas ajuftés,
dans nos actions & dans nos manieres, comme des pagodes; &, fi les
hommes gênés & contraints font

infupportables, que fera-ce des productions de l'art?

Il faut donc mettre des contraftes dans les attitudes, fur-tout dans les ouvrages de fculpture, qui, naturellement froide, ne peut mettre de feu que par la force du contrafte & de la fituation.

Mais, comme nous avons dit que la variété que l'on a cherché à mettre dans le gothique lui a donné de l'uniformité, il eft fouvent arrivé que la variété que l'on a cherché à mettre par le moyen des contraftes., eft devenue une fymmétrie & une vicieufe uniformité.

Ceci ne fe fent pas feulement dans de certains ouvrages de fculpture & de peinture, mais auffi dans le ftyle de quelques écrivains, qui, dans chaque phrafe, mettent toujours le com-

mencement en contraſte avec la fin
par des antitheſes continuelles, tels
que St. Auguſtin & autres Auteurs
de la baſſe latinité, & quelques-uns
de nos modernes, comme St. Evre-
mont. Le tour de phraſe toujours
le même & toujours uniforme déplaît extrêmement ; ce contraſte per-
pétuel devient ſymmétrie, & cette
oppoſition toujours recherchée, devient uniformité. L'eſprit y trouve
ſi peu de variété que, lorſque vous
avez vu une partie de la phraſe, vous
devinez toujours l'autre ; vous voyez
des mots oppoſés, mais oppoſés de
la même maniere ; vous voyez un
tour de phraſe, mais c'eſt toujours
le même.

Bien des peintres ſont tombés
dans le défaut de mettre des contraſtes par-tout & ſans ménagement ; de

forte que, lorfqu'on voit une figure, on devine d'abord la difpofition de celles d'à côté : cette continuelle diverfité devient quelque chofe de femblable. D'ailleurs, la nature, qui jette les chofes dans le défordre, ne montre pas l'affectation d'un con-trafte continuel; fans compter qu'elle ne met pas tous les corps en mou-vement, & dans un mouvement forcé. Elle eft plus variée que cela; elle met les uns en repos, & elle donne aux autres différentes fortes de mouvements.

Si la partie de l'ame qui connoît aime la variété, celle qui fent ne la cherche pas moins; car l'ame ne peut pas foutenir long-temps les mêmes fituations, parcequ'elle eft liée à un corps qui ne peut les fouf-frir. Pour que notre ame foit excitée, il faut que les esprits coulent dans les nerfs. Or il y a là deux chofes, une laffitude dans les nerfs, une ceffation de la part des efprits qui ne coulent plus, ou qui fe diffipent des lieux où ils ont coulé.

Ainfi tout nous fatigue à la longue, & fur-tout les grands plaifirs : on les quitte toujours avec la même fatiffaction qu'on les a pris ; car les fibres qui en ont été les organes ont befoin de repos ; il faut en employer d'autres plus propres à nous fervir, & diftribuer, pour ainfi dire, le travail.

Notre ame eft laffe de fentir ; mais ne pas fentir, c'eft tomber dans un anéantiffement qui l'accable. On remédie à tout, en variant fes modifications ; elle fent, & elle ne fe laffe pas.

DES PLAISIRS

DE LA SURPRISE.

CETTE difpofition de l'ame, qui la porte toujours vers différents objets, fait qu'elle goûte tous les plaifirs qui viennent de la furprife ; fentiment qui plaît à l'ame par le fpectacle & par la promptitude de l'action ; car elle apperçoit ou fent une chofe qu'elle n'attend pas , ou d'une maniere qu'elle n'attendoit pas.

Une chofe peut nous furprendre comme merveilleufe , mais auffi comme nouvelle, & encore comme inattendue; & dans ces derniers cas, le fentiment principal fe lie à un fentiment acceffoire, fondé fur ce que

que la chofe eft nouvelle ou inattendue.

C'eft par là que les jeux de hafard
nous piquent; ils nous font voir une
fuite continuelle d'événemens non
attendus : c'eft par là que les jeux
de fociété nous plaifent ; ils font
encore une fuite d'événemens im-
prévus, qui ont pour caufe l'adreffe
jointe au hafard.

C'eft encore par là que les pieces
de théâtre nous plaifent : elles fe
développent par degrés , cachent les
événemens jufqu'à ce qu'ils arri-
vent, nous préparent toujours de
nouveaux fujets de furprife, & fouvent nous piquent en nous les mon-
trant tels que nous aurions dû les
prévoir.

Enfin les ouvrages d'efprit ne font
ordinairement lus que parcequ'ils

H

nous ménagent des surprifes agréables, & fupléent à l'infipidité des
converfations, prefque toujours lan-
guiffantes, & qui ne font point cet
effet.

La furprife peut être produite par
la chofe, ou par la maniere de l'appercevoir : car nous voyons une chofe
plus grande ou plus petite qu'elle
n'eft en effet, ou différente de ce
qu'elle eft ; ou bien nous voyons la
même chofe, mais avec une idée
acceffoire qui nous furprend. Telle
eft dans une chofe l'idée acceffoire
de la difficulté de l'avoir faite, ou de
la perfonne qui l'a faite, ou du
temps où elle a été faite, ou de la
maniere dont elle a été faite, ou de
quelque autre circonftance qui s'y
joint.

Suétone nous décrit les crimes de

Néron avec un sang-froid qui nous surprend, en nous faisant presque croire qu'il ne sent point l'horreur de ce qu'il décrit. Il change de ton tout-à-coup, & dit : « l'univers ayant souf- « fert ce monstre pendant quatorze « ans, enfin il l'abandonna ; *Tale monstrum per quatuordecim annos perpessus terrarum orbis , tandem destituit.* Ceci produit dans l'esprit différentes sortes de surprises ; nous sommes surpris du changement de style de l'auteur, de la découverte de sa différente maniere de penser, de sa façon de rendre, en aussi peu de mots, une des grandes révolutions qui soient arrivées : ainsi l'ame trouve un très grand nombre de sentiments différents qui concourent à l'ébran- ler & à lui composer un plaisir.

H ij

Des diverſes cauſes qui peuvent produire un ſentiment.

Il faut bien remarquer qu'un ſentiment n'a pas ordinairement dans notre ame une cauſe unique. C'eſt, ſi j'oſe me ſervir de ce terme, une certaine doſe qui en produit la force & la variété. L'eſprit conſiſte à ſavoir frapper pluſieurs organes à la fois ; &, ſi l'on examine les divers écrivains, on verra peut-être que les meilleurs, & ceux qui ont plu davantage, ſont ceux qui ont excité dans l'ame plus de ſenſations en même temps,

Voyez, je vous prie, la multiplicité des cauſes. Nous aimons mieux voir un jardin bien arrangé qu'une confufion d'arbres, 1°. parceque notre vûe qui feroit arrêtée ne l'eft pas; 2°. chaque allée eft une, & forme une grande chofe, au lieu que dans la confufion chaque arbre eft une chofe, & une petite chofe; 3°. nous voyons un arrangement que nous n'avons pas coutume de voir; 4°. nous favons bon gré de la peine que l'on a prife; 5°. nous admirons le foin que l'on a de combattre fans ceffe la nature, qui, par des productions qu'on ne lui demande pas, cherche à tout confondre; ce qui eft fi vrai qu'un jardin négligé nous eft infupportable. Quelquefois la difficulté de l'ouvrage nous plaît, quelquefois c'eft la facilité; &, comme dans un jardin magnifique nous admirons la grandeur & la dépenfe du maître, nous voyons quelquefois avec plaifir qu'on a eu l'art de nous plaire avec peu de dépenfe & de travail. Le jeu nous plaît, parcequ'il fatisfait notre avarice, c'eft-à-dire, l'efpérance d'avoir plus : il flatte notre vanité par l'idée de la préférence que la fortune nous donne, & de l'attention que les autres ont fur notre bonheur ; il fatisfait notre curiofité en nous donnant un fpectacle ; enfin il nous donne les différents plaifirs de la furprife.

La danfe nous plaît par la légèreté, par une certaine grace, par la beauté & la variété des attitudes, par fa liaifon avec la mufique, la perfonne qui danfe étant comme un inftrument qui accompagne ; mais fur-tout elle plaît par une difpofition de notre cerveau, qui eft telle qu'elle ramene en fecret l'idée de tous les mouvements à de certains mouvements, la plupart des attitudes à de certaines attitudes.

De la liaison accidentelle de certaines idées.

PRESQUE toujours les choses nous plaisent & déplaisent à différents égards : par exemple, les castrati d'Italie nous doivent faire peu de plaisir, 1°. parcequ'il n'est pas étonnant qu'accommodés comme ils font, ils chantent bien : ils sont comme un instrument dont l'ouvrier a retranché du bois pour lui faire produire des sons ; 2°. parceque les passions qu'ils jouent sont trop suspectes de fausseté ; 3°. parcequ'ils ne sont ni du sexe que nous aimons

H iv

ni de celui que nous eftimons. D'un autre côté, ils peuvent nous plaire, parcequ'ils confervent long-temps un air de jeuneffe, & de plus qu'ils ont une voix flexible, & qui leur eft particuliere. Ainfi chaque chofe nous donne un fentiment qui eft compofé de beaucoup d'autres, lefquels s'affoibliffent & fe choquent quelquefois.

Souvent notre ame fe compofe elle-même des raifons de plaifir, & elle y réuffit fur-tout par les liaifons qu'elle met aux chofes. Ainfi une chofe qui nous a plu nous plaît encore, par la feule raifon qu'elle nous a plu, parceque nous joignons l'ancienne idée à la nouvelle. Ainfi une actrice qui nous a plu fur le théâtre, nous plaît encore dans la chambre; fa voix, fa déclamation, le souvenir de l'avoir vu admirer, que dis-je, l'idée de la princesse, jointe à la sienne, tout cela fait une espece de mélange, qui forme & produit un plaisir.

Nous sommes tous pleins d'idées accessoires. Une femme qui aura une grande réputation & un léger défaut pourra le mettre en crédit, & le faire regarder comme une grace. La plupart des femmes que nous aimons n'ont pour elles que la prévention sur leur naissance ou leurs biens, les honneurs ou l'estime de certaines gens.

Autre effet des liaiſons que l'ame met aux choſes.

Nous devons à la vie champêtre que l'homme menoit dans les premiers temps cet air riant répandu dans toute la fable ; nous lui devons ces deſcriptions heureuſes, ces aventures naïves, ces divinités gracieuſes, ce ſpectacle d'un état aſſez différent du nôtre pour le deſirer, & qui n'en eſt pas aſſez éloigné pour choquer la vraiſemblance, enfin ce mélange de paſſions & de tranquillité. Notre imagination rit à Diane, à Pan, à Apollon, aux Nymphes, aux bois, aux prés, aux fontaines. Si les premiers hommes avoient vécu comme nous dans les villes, les poëtes n'auroient pu nous décrire que ce que nous voyons tous les jours avec inquiétude ou que nous fentons avec dégoût; tout refpireroit l'avarice, l'ambition & les paffions qui tourmentent.

Les poëtes qui nous décrivent la vie champêtre, nous parlent de l'âge d'or qu'ils regrettent, c'eft-à-dire, nous parlent d'un temps encore plus heureux & plus tranquille.

DE LA DÉLICATESSE.

LES gens délicats font ceux qui à chaque idée ou à chaque goût joignent beaucoup d'idées ou beaucoup de goûts acceffoires. Les gens groffiers n'ont qu'une fenfation; leur ame ne fait compofer ni décompo-

H vj

fer ; ils ne joignent ni n'ôtent rien
à ce que la nature donne : au lieu
que les gens délicats dans l'amour
se composent la plupart des plaisirs
de l'amour. Polixene & Apicius
portoient à la table bien des sensations inconnues à nous autres man-
geurs vulgaires ; & ceux qui jugent
avec goût des ouvrages d'esprit, ont
& se font une infinité de sensations
que les autres hommes n'ont pas.

DU JE NE SAIS QUOI.

Il y a quelquefois dans les person-
nes ou dans les choses un charme
invisible , une grace naturelle ,
qu'on n'a pu définir, & qu'on a été
forcé d'appeller le *je ne sais quoi*.
Il me semble que c'est un effet prin-

cipalement fondé fur la furprife.
Nous fommes touchés de ce qu'une
perfonne nous plaît plus qu'elle ne
nous a paru d'abord devoir nous
plaire, & nous fommes agréablement furpris de ce qu'elle a fu vaincre des défauts que nos yeux nous
montrent & que le cœur ne croit
plus. Voilà pourquoi les femmes lai-
des ont très fouvent des graces, &
qu'il eft rare que les belles en aient.
Car une belle perfonne fait ordinairement le contraire de ce que nous
avions attendu ; elle parvient à nous
paroître moins aimable ; après nous
avoir furpris en bien, elle nous furprend en mal ; mais l'impreffion du
bien eft ancienne, celle du mal nouvelle : auffi les belles perfonnes font-
elles rarement les grandes paffions,
prefque toujours réfervées à celles

qui ont des graces, c'eſt-à-dire, des agréments que nous n'attendions point & que nous n'avions pas ſujet d'attendre. Les grandes parures ont rarement de la grace, & ſouvent l'habillement des bergeres en a. Nous admirons la majeſté des draperies de Paul Véroneſe ; mais nous ſommes touchés de la ſimplicité de Raphael & de la pureté du Correge. Paul Véroneſe promet beaucoup, & paie ce qu'il promet. Raphael & le Correge promettent peu, & paient beaucoup ; & cela nous plaît davantage.

Les graces ſe trouvent plus ordinairement dans l'eſprit que dans le viſage ; car un beau viſage paroît d'abord, & ne cache preſque rien ; mais l'eſprit ne ſe montre que peu à peu, que quand il veut, & autant qu'il veut ; il peut ſe cacher pour paroître, & donner cette efpece de furprife qui fait les graces.

Les graces fe trouvent moins dans les traits du vifage que dans les manieres ; car les manieres naiffent à chaque inftant , & peuvent à tous les moments créer des furprifes : en un mot, une femme ne peut gueres être belle que d'une façon ; mais elle eft jolie de cent mille.

La loi des deux fexes a établi parmi les nations policées & fauvages, que les hommes demanderoient, & que les femmes ne feroient qu'accorder : de là il arrive que les graces font plus particulièrement attachées aux femmes. Comme elles ont tout à défendre, elles ont tout à cacher ; la moindre parole, le moindre gefte, tout ce qui, fans choquer le premier devoir, fe montre en elles, tout ce qui fe met en liberté devient une grace ; & telle eft la fagefle de la nature, que ce qui ne feroit rien fans la loi de la pudeur, devient d'un prix infini depuis cette heureufe loi qui fait le bonheur de l'univers.

Comme la gêne & l'affectation ne fauroient nous furprendre, les graces ne fe trouvent ni dans les manieres gênées ni dans les manieres affectées, mais dans une certaine liberté ou facilité qui eft entre les deux extrémités ; & l'ame eft agréablement furprife de voir que l'on a évité les deux écueils. Il fembleroit que les manieres naturelles devroient être les plus aifées : ce font celles qui le font moins ; car l'éducation qui nous gêne nous fait toujours perdre du naturel ; or nous sommes charmés de le voir revenir.

Rien ne nous plaît tant dans une parure que lorsqu'elle est dans cette négligence ou même dans ce désordre qui nous cache tous les soins que la propreté n'a pas exigés, & que la seule vanité auroit fait prendre; & l'on n'a jamais de grace dans l'esprit que lorsque ce que l'on dit est trouvé & non pas recherché.

Lorsque vous dites des choses qui vous ont coûté, vous pouvez bien faire voir que vous avez de l'esprit, & non pas des graces dans l'esprit. Pour le faire voir, il faut que vous ne le voyiez pas vous-même, & que les autres, à qui d'ailleurs quelque chose de naïf & de simple en vous ne promettoit rien de cela, soient doucement surpris de s'en appercevoir.

Ainſi les graces ne s'acquierent point : pour en avoir il faut être naïf. Mais comment peut-on travailler à être naïf ?

Une des plus belles fictions d'Homere, c'eſt celle de cette ceinture qui donnoit à Vénus l'art de plaire. Rien n'eſt plus propre à faire ſentir cette magie & ce pouvoir des graces, qui ſemblent être données à une perſonne par un pouvoir inviſible , & qui ſont diſtinguées de la beauté même. Or cette ceinture ne pouvoit être donnée qu'à Vénus. Elle ne pouvoit convenir à la beauté majeſtueuſe de Junon ; car la majeſté demande une certaine gravité, c'eſt-à-dire , une gêne oppoſée à l'ingénuité des graces. Elle ne pouvoit bien convenir à la beauté fiere de Pallas : car la fierté eſt oppoſée à la douceur des graces, & d'ailleurs peut souvent être soupçonnée d'affectation.

PROGRESSION DE LA SURPRISE.

CE qui fait les grandes beautés, c'est lorsqu'une chose est telle que la surprise est d'abord médiocre, qu'elle se soutient, augmente, & nous mene ensuite à l'admiration. Les ouvrages de Raphaël frappent peu au premier coup d'œil : il imite si bien la nature, que l'on n'en est d'abord pas plus étonné que si l'on voyoit l'objet même, lequel ne causeroit point de surprise. Mais une expression extraordinaire, un coloris plus fort, une attitude bizarre d'un peintre moins bon nous saisit du premier coup d'œil, parcequ'on n'a pas coutume de la voir ailleurs. On peut comparer Raphael à Virgile, & les peintures de Venife, avec leurs attitudes forcées, à Lucain. Virgile, plus naturel, frappe d'abord moins pour frapper enfuite plus : Lucain frappe d'abord plus pour frapper enfuite moins.

L'exacte proportion de la fameufe églife de Saint Pierre fait qu'elle ne paroît pas d'abord auffi grande qu'elle l'eft ; car nous ne favons d'abord où nous prendre pour juger de fa grandeur. Si elle étoit moins large, nous ferions frappés de fa longueur ; fi elle étoit moins longue, nous le ferions de fa largeur. Mais à mefure que l'on examine, l'œil la voit s'agrandir, l'étonnement augmente. On peut la comparer aux

Pyrénées, où l'œil, qui croyoit d'a-
bord les mesurer, découvre des montagnes derriere les montagnes, & se
perd toujours davantage.

Il arrive souvent que notre ame
sent du plaisir lorsqu'elle a un sentiment qu'elle ne peut pas démêler
elle-même, & qu'elle voit une chose
absolument différente de ce qu'elle
sait être ; ce qui lui donne un sentiment de surprise dont elle ne peut
pas sortir. En voici un exemple. Le
dôme de Saint Pierre est immense.
On sait que Michel-Ange voyant le
Panthéon, qui étoit le plus grand
temple de Rome, dit qu'il en vouloit faire un pareil, mais qu'il vouloit le mettre en l'air. Il fit donc
sur ce modele le dôme de Saint
Pierre ; mais il fit les piliers si mas-
sifs, que ce dôme, qui est comme

une montagne que l'on a fur la tête, paroît léger à l'œil qui le confidere. l'ame refte donc incertaine entre ce qu'elle voit & ce qu'elle fait, & elle refte furprife de voir une maffe en même temps fi énorme & fi légere.

DES BEAUTÉS QUI RÉSULTENT D'UN CERTAIN EMBARRAS DE L'AME.

SOUVENT la furprife vient à l'ame de ce qu'elle ne peut pas concilier ce qu'elle voit avec ce qu'elle a vu. Il y a en Italie un grand lac qu'on appelle le Lac-Majeur, *il Lago-Maggiore* ; c'eft une petite mer dont les bords ne montrent rien que de fauvage. A quinze milles dans le lac font deux ifles d'un quart de lieue de tour , qu'on appelles *les Borromées* , qui font, à mon avis, le féjour du monde le plus enchanté. L'ame eft étonnée de ce contrafte romanefque, de rappeller avec plaifir les merveilles des romans, où , après avoir paffé par des rochers & des pays arides, on fe trouve dans un lieu fait par les Fées.

Tous les contraftes nous frappent, parceque les chofes en oppofition fe relevent toutes les deux : ainfi lorfqu'un petit homme eft auprès d'un grand , le petit fait paroître l'autre plus grand , & le grand fait paroître l'autre plus petit.

Ces fortes de furprifes font le plaifir que l'on trouve dans toutes les beautés d'oppofition, dans toutes les antithèfes & figures pareilles. Quand Florus dit : « Sore & Al-

« gide (qui le croiroit ?) nous ont
« été formidables ; Satirique & Cor-
« nicule étoient des provinces ; nous
« rougiſſons des Boriliens & des
« Véruliens , mais nous en avons
« triomphé ; enfin Tibur , notre
« fauxbourg, Préneſte, où ſont nos
« maiſons de plaiſance , étoient les
« ſujets des vœux que nous allions
« faire au Capitole ». Cet auteur ,
dis-je, nous montre en même temps
la grandeur de Rome & la petiteſſe
de ſes commencements ; & l'étonnement porte ſur ces deux choſes.

On peut remarquer ici combien
eſt grande la différence des antithèſes d'idées d'avec les antithèſes
d'expreſſion. L'antithèſe d'expreſſion n'eſt pas cachée ; celle d'idées
l'eſt : l'une a toujours le même habit , l'autre en change comme on
veut ;

veut : l'une eſt variée, l'autre non.

Le même Florus, en parlant des Samnites, dit que leurs villes furent tellement détruites, qu'il eſt difficile de trouver à préſent le ſujet de vingt-quatre triomphes ; *ut non facilè appareat materia quatuor & viginti triumphorum.* Et par les mêmes paroles qui marquent la deſtruction de ce peuple, il fait voir la grandeur de ſon courage & de ſon opiniâtreté.

Lorſque nous voulons nous empêcher de rire, notre rire redouble à cauſe du contraſte qui eſt entre la ſituation où nous ſommes & celle où nous devrions être. De même, lorſque nous voyons dans un viſage un grand défaut, comme, par exemple, un très grand nez, nous rions à cauſe que nous voyons que ce contraste avec les autres traits du visage ne doit pas être. Ainsi les contrastes sont causes des défauts aussi-bien que des beautés. Lorsque nous voyons qu'ils sont sans raison, qu'ils relevent ou éclairent un autre défaut, ils sont les grands instruments de la laideur, laquelle, lorsqu'elle nous frappe subitement, peut exciter une certaine joie dans notre ame, & nous faire rire. Si notre ame la regarde comme un malheur dans la personne qui la possede, elle peut exciter la *pitié* ; si elle la regarde avec l'idée de ce qui peut nous nuire, & avec une idée de comparaison avec ce qui a coutume de nous émouvoir & d'exciter nos desirs, elle la regarde avec un sentiment d'*aversion*.

Lorsqu'on rapproche des idées

oppoſées l'une à l'autre , ſi le contraſte a été trop facile ou trop difficile à trouver , il déplaît : il faut
que l'oppoſition , qui eſt entre les
idées rapprochées , ſe faſſe ſentir ,
parcequ'elle y eſt , non parceque
l'auteur a voulu la montrer ; car, en
ce dernier cas , la ſurpriſe ne tombe
que ſur la ſottiſe de l'auteur.

Une des choſes qui nous plaiſent
le plus , c'eſt le naïf ; mais c'eſt auſſi
le ſtyle le plus difficile à attraper : la
raiſon en eſt qu'il eſt préciſément
entre le noble & le bas , & eſt ſi
près du bas , qu'il eſt très difficile de
le côtoyer toujours ſans y tomber.

Les muſiciens ont reconnu que
la muſique qui ſe chante le plus facilement , eſt la plus difficile à com-
poſer : preuve certaine que nos plai-

I ij

sirs & l'art qui nous les donne sont entre certaines limites.

A voir les vers de Corneille si pompeux & ceux de Racine si naturels, on ne devineroit pas que Corneille travailloit facilement & Racine avec peine.

Le bas est le sublime du peuple, qui aime à voir une chose faite pour lui & qui est à sa portée.

Les idées qui se présentent aux gens qui sont bien élevés, & qui ont un grand esprit, sont ou naïves, ou nobles, ou sublimes.

Lorsqu'une chose nous est montrée avec des circonstances ou des accessoires qui l'agrandissent, cela nous paroît noble : cela se sent surtout dans les comparaisons où l'esprit doit toujours gagner & jamais perdre ; car elles doivent toujours ajouter quelque chofe, faire voir la chofe plus grande, ou, s'il ne s'agit pas de grandeur, plus fine & plus délicate : mais il faut bien fe donner de garde de montrer à l'ame un rapport dans le bas, car elle fe le feroit caché fi elle l'avoit découvert.

Lorfqu'il s'agit de montrer des chofes fines, l'ame aime mieux voir comparer une maniere à une maniere, une action à une action, qu'une chofe à une chofe. Comparer en général un homme courageux à un lion, une femme à un aftre, un homme léger à un cerf, cela eft aifé ; mais lorfque la Fontaine commence ainfi une de fes Fables,

« Entre les pattes d'un lion
« Un rat fortit de terre affez à l'étourdie ;

« Le roi des animaux, en cette occafion,
« Montra ce qu'il étoit, & lui donna la vie.

il compare les modifications de l'ame du roi des animaux avec les modifications de l'ame d'un véritable Roi.

Michel-Ange eft le maître pour donner de la nobleffe à tous fes fujets. Dans fon fameux Bacchus, il ne fait point comme les peintres de Flandre qui nous montrent une figure tombante, & qui eft, pour ainfi dire, en l'air. Cela feroit indigne de la majefté d'un Dieu. Il le peint ferme fur fes jambes ; mais il lui donne fi bien la gaieté de l'ivreffe, & le plaifir à voir couler la liqueur qu'il verfe dans fa coupe, qu'il n'y a rien de fi admirable.

Dans la Paffion qui eft dans la galerie de Florence, il a peint la

Vierge debout, qui regarde fon fils crucifié, fans douleur, fans pitié, fans regret, fans larmes. Il la fuppofe inftruite de ce grand myftere, & par-là lui fait foutenir avec grandeur le fpectacle de cette mort.

Il n'y a point d'ouvrage de Michel-Ange où il n'ait mis quelque chofe de noble : on trouve du grand dans fes ébauches même, comme dans les vers que Virgile n'a point finis.

Jules Romain, dans fa chambre des Géants à Mantoue, où il a repréfenté Jupiter qui les foudroie, fait voir tous les Dieux effrayés : mais Junon eft auprès de Jupiter; elle lui montre, d'un air affuré, un géant fur lequel il faut qu'il lance la foudre : par-là il lui donne un air de grandeur que n'ont pas les autres

I v

Dieux : plus ils font près de Jupiter, plus ils font raffurés ; & cela eft bien naturel ; car, dans une bataille, la frayeur ceffe auprès de celui qui a de l'avantage.

ÉBAUCHE

DE L'ÉLOGE

HISTORIQUE

DU M^{AL} DE BERWICK,

Par le Président DE MONTESQUIEU.

ÉBAUCHE
DE L'ÉLOGE
HISTORIQUE
DU Mᴬᴸ DE BERWICK;

Par le Président DE MONTESQUIEU.

Iʟ naquit le 21 d'Août 1670 ; il étoit fils de Jacques, Duc d'Yorck, depuis Roi d'Angleterre, & de la Demoiselle Arabella Churchill ; & telle fut l'étoile de cette maison de Churchill, qu'il en sortit deux hommes, dont l'un dans le même temps fut destiné à ébranler, & l'autre à soutenir les deux grandes monarchies de l'Europe.

Dès l'âge de sept ans il fut envoyé

en France pour y faire ſes études &
ſes exercices. Le Duc d'Yorck étant
parvenu à la couronne le 6 Février
1685, il l'envoya l'année ſuivante
en Hongrie ; il ſe trouva au ſiége de
Bude.

Il alla paſſer l'hiver en Angleterre, & le Roi le créa Duc de Berwick. Il retourna au printemps en
Hongrie, où l'Empereur lui donna
une commiſſion de colonel, pour
commander le régiment de Cui-
raſſiers de Taaff. Il fit la campagne
de 1687, où le Duc de Lorraine
remporta la victoire de Mohatz ; &
à ſon retour à Vienne, l'Empereur
le fit ſergent général de bataille.

Ainſi, c'eſt ſous le Grand Duc
de Lorraine que le Duc de Berwick
commença à ſe former ; & depuis,
ſa vie fut en quelque façon toute
militaire.

Il revint en Angleterre, & le Roi lui donna le gouvernement de Portf-mouth & de la province de Sou-thampton. Il avoit déja un régiment d'infanterie. On lui donna encore le régiment des Gardes à cheval du Comte d'Oxford : ainfi , à l'âge de dix-fept ans il fe trouva dans cette fituation fi flatteufe pour un homme qui a l'ame élevée, de voir le che-min de la gloire tout ouvert , & la poffibilité de faire de grandes cho-fes.

En 1688 , la révolution d'Angle-terre arriva ; & dans ce cercle de malheurs qui environnerent le Roi tout-à-coup, le Duc de Berwick fut chargé des affaires qui demandoient la plus grande confiance. Le Roi ayant jetté les yeux fur lui pour raffembler l'armée , ce fut une des

trahiſons des miniſtres de lui en envoyer les ordres trop tard, afin qu'un
autre pût emmener l'armée au Prince d'Orange. Le haſard lui fit ren-
contrer quatre régiments qu'on avoit
voulu mener au Prince d'Orange,
& qu'il ramena à ſon poſte. Il n'y
eut point de mouvements qu'il ne
ſe donnât pour ſauver Portſmouth,
bloqué par mer & par terre, ſans
autre proviſion que ce que les ennemis lui fourniſſoient chaque jour, &
que le Roi lui ordonna de rendre.
Le Roi ayant pris le parti de ſe ſauver en France, il fut du nombre
des cinq perſonnes à qui il ſe con-
fia, & qui le ſuivirent ; & dès que le
Roi fut débarqué, il l'envoya à Ver-
ſailles pour demander un aſyle. Il
avoit à peine dix-huit ans.

Preſque toute l'Irlande ayant reſté fidele au Roi Jacques, ce Prince y passa au mois de Mars 1689 ; & l'on vit une malheureuse guerre où la valeur ne manqua jamais, & la conduite toujours. On peut dire de cette guerre d'Irlande, qu'on la regarda à Londres comme l'œuvre du jour, & comme l'affaire capitale de l'Angleterre, & en France, comme une guerre d'affection particuliere & de bienséance. Les Anglois, qui ne vouloient point avoir de guerre civile chez eux, assommerent l'Irlande. Il paroît même que les officiers François qu'on y envoya penserent comme ceux qui les y envoyoient : ils n'eurent que trois choses dans la tête, d'arriver, de se battre & de s'en retourner. Le temps a fait voir que les Anglois avoient mieux pensé que nous.

Le Duc de Berwick se distingua dans quelques occasions particulieres , & fut fait lieutenant-général.

Milord Tirconel ayant passé en France en 1690, laissa le commandement général du royaume au Duc de Berwick. Il n'avoit que vingt ans, & sa conduite fit voir qu'il étoit l'homme de son siecle à qui le ciel avoit accordé de meilleure heure la prudence. La perte de la bataille de la Boyne avoit abattu les forces irlandoises; le Roi Guillaume avoit levé le siege de Limerick, & étoit retourné en Angleterre ; mais on n'en étoit guere mieux. Milord Churchill (1) débarqua tout-à-coup en Irlande avec huit mille hommes.

(1) Depuis Duc de Marlborough.

Il falloit en même temps rendre ses progrès moins rapides, rétablir l'armée, diffiper les factions, réunir les efprits des Irlandois. Le Duc de Berwick fit tout cela.

En 1691, le Duc de Tirconel étant revenu en Irlande, le Duc de Berwick repaffa en France, & fuivit Louis XIV, comme volontaire, au fiege de Mons. Il fit dans la même qualité la campagne de 1692, fous M. le Maréchal de Luxembourg, & fe trouva à la bataille de Steinkerque. Il fut fait lieutenant-général en France l'année fuivante, & il acquit beaucoup d'honneur à la bataille de Nerwinde, où il fut pris.

Les chofes qui fe dirent dans le monde, à l'occafion de fa prife, n'ont pu avoir été imaginées que par des gens qui avoient la plus haute

opinion de fa fermeté & de fon courage. Il continua de fervir en Flandre fous M. de Luxembourg , &
enfuite fous M. le Maréchal de Vil-
leroi.

En 1696 , il fut envoyé fecrètement en Angleterre pour conférer
avec des Seigneurs Anglois , qui
avoient réfolu de rétablir le Roi. Il
avoit une affez mauvaife commif-
fion , qui étoit de déterminer ces
Seigneurs à agir contre le bon fens.
Il ne réuffit pas : il hâta fon retour,
parcequ'il apprit qu'il y avoit une
conjuration formée contre la perfonne du Roi Guillaume , & il ne
vouloit point être mêlé dans cette
entreprife. Je me fouviens de lui
avoir ouï dire qu'un homme l'avoit
reconnu fur un certain air de famille , & fur-tout par la longueur

de ſes doigts ; que par bonheur cèt homme étoit Jacobite , & lui avoit dit : *Dieu vous béniſſe dans toutes vos entrepriſes !* ce qui l'avoit remis de ſon embarras.

Le Duc de Berwick perdit ſa premiere femme au mois de Juin 1698. Il l'avoit épouſée en 1695. Elle étoit fille du Comte de Clanricard. Il en eut un fils qui naquit le 21 d'Octobre 1696.

En 1699 il fit un voyage en Italie ; & à ſon retour il épouſa Mademoiſelle de Bulkeley, Dame d'honneur de la Reine d'Angleterre , & de M. de Bulkeley , frere de Milord de Bulkeley.

Après la mort de Charles II , Roi d'Eſpagne , le Roi Jacques envoya à Rome le Duc de Berwick pour complimenter le Pape ſur ſon élection, & lui offrit fa perfonne pour commander l'armée que la France le preſſoit de lever pour maintenir la neutralité en Italie; & la Cour de Saint-Germain offroit d'envoyer des troupes irlandoiſes. Le Pape jugea la beſogne un peu trop forte pour lui, & le Duc de Berwick s'en revint.

En 1701 il perdit le Roi ſon pere, & en 1702 il ſervit en Flandre ſous le Duc de Bourgogne & le Maréchal de Boufflers; en 1703, au retour de la campagne, il ſe fit naturaliſer François, du conſentement de la Cour de Saint-Germain.

En 1704 le Roi l'envoya en Eſpagne avec dix-huit bataillons & dix-neuf eſcadrons qu'il devoit commander, & à ſon arrivée le Roi d'Eſpagne le déclara Capitaine Gé-

néral de ſes armées, & le fit couvrir.

La Cour d'Eſpagne étoit infeſtée
par l'intrigue. Le gouvernement alloit très mal, parceque tout le
monde vouloit gouverner. Tout dé-
généroit en tracaſſerie, & un des
principaux articles de ſa miſſion
étoit de les éclaircir. Tous les partis
vouloient le gagner : il n'entra dans
aucun ; &, s'attachant uniquement
au ſuccès des affaires, il ne regarda
les intérêts particuliers que comme
des intérêts particuliers ; il ne penſa
ni à Madame des Urſins, ni à Orry,
ni à l'abbé d'Etrée, ni au goût de la
Reine, ni au penchant du Roi ; il
ne penſa qu'à la monarchie.

Le Duc de Berwick eut ordre de
travailler au renvoi de Madame des
Urſins. Le Roi lui écrivit : « Dites

« au Roi mon petit-fils, qu'il me
« doit cette complaifance. Servez-
« vous de toutes les raifons que vous
« pourrez imaginer pour le perfua-
« der ; mais ne lui dites pas que je
« l'abandonnerai, car il ne le croi-
« roit jamais ». Le Roi d'Efpagne
confentit au renvoi.

Cette année 1704, le Duc de Berwick fauva l'Efpagne ; il empêcha
l'armée portugaife d'aller à Madrid.
Son armée étoit plus foible des deux
tiers ; les ordres de la Cour venoient
coup fur coup, de fe retirer & de
ne rien hafarder. Le Duc de Berwick, qui vit l'Efpagne perdue s'il
obéiffoit, hafarda fans ceffe, & dif-
puta tout. L'armée portugaife fe retira ; M. le Duc de Berwick en fit
de même. A la fin de la campagne,
le Duc de Berwick reçut ordre de

rétourner en France. C'étoit une intrigue de Cour ; & il éprouva ce que tant d'autres avoient éprouvé avant lui, que de plaire à la Cour, est le plus grand service que l'on puisse rendre à la Cour, sans quoi toutes les œuvres, pour me servir du langage des Théologiens, ne font que des œuvres mortes.

En 1705, le Duc de Berwick fut envoyé commander en Languedoc : cette même année il fit le siege de Nice, & la prit.

En 1706 il fut fait Maréchal de France, & fut envoyé en Espagne pour commander l'armée contre le Portugal. Le Roi d'Espagne avoit levé le siege de Barcelone, & avoit été obligé de repasser par la France, & de rentrer en Espagne par la Navarre.

J'ai dit qu'avant de quitter l'Efpagne, la premiere fois qu'il y fer-
vit, il l'avoit fauvée; il la fauva encore cette fois-ci. Je paffe rapidement fur les chofes que l'hiftoire eft
chargée de raconter. Je dirai feulement que tout étoit perdu au commencement de la campagne, & que
tout étoit fauvé à la fin. On peut
voir dans les Lettres de Madame de
Maintenon à la Princeffe des Ur-
fins, ce que l'on penfoit pour lors
dans les deux Cours. On formoit
des fouhaits, & on n'avoit pas même
d'efpérances. M. le Maréchal de
Berwick vouloit que la Reine fe retirât à fon armée; des confeils timides
l'en avoient empêchée. On vouloit
qu'elle fe retirât à Pampelune; M.
le Maréchal de Berwick fit voir que,
fi l'on prenoit ce parti, tout étoit

perdu

perdu , parceque les Caftillans fe croiroient abandonnés : la Reine fe retira donc à Burgos avec les Confeils, & le Roi arriva à la petite armée. Les Portugais vont à Madrid, & le Maréchal, par fa fageffe, fans livrer une feule bataille, fit vuider la Caftille aux ennemis, & rencogna leur armée dans le Royaume de Valence & l'Aragon. Il les y conduifit marche par marche, comme un pafteur conduit des troupeaux. On peut dire que cette campagne fut plus glorieufe pour lui qu'aucune de celles qu'il a faites, parceque les avantages n'ayant point dépendu d'une bataille, fa capacité y parut tous les jours. Il fit plus de dix mille prifonniers, & par cette campagne il prépara la feconde, plus célebre encore par la bataille d'Alman-

K

za , la conquête du Royaume de Valence, de l'Aragon, & la prise de Lérida.

Ce fut en cette année 1707 que le Roi d'Espagne donna au Maréchal de Berwick les villes de Liria & de Xérica, avec la Grandesse de la premiere classe ; ce qui lui procura un établissement plus grand encore pour son fils du premier lit, par le mariage avec Dona Catharina de Portugal , héritiere de la Maison de Véraguas. M. le Maréchal lui céda tout ce qu'il avoit en Espagne.

Dans le même temps Louis XIV lui donne le gouvernement du Limousin, de son propre & pur mouvement , sans qu'il le lui eût demandé.

Il fautque je par le de M. le Duc

d'Orléans, & je le ferai avec d'autant plus de plaisir, que ce que je dirai ne peut servir qu'à combler de gloire l'un & l'autre.

M. le Duc d'Orléans vint pour commander l'armée. Sa mauvaise destinée lui fit croire qu'il auroit le temps de passer par Madrid. M. le Maréchal de Berwick lui envoya courier sur courier, pour lui dire qu'il seroit bientôt forcé à livrer la bataille : M. le Duc d'Orléans se mit en chemin, vola & n'arriva pas. Il y eut assez de courtisans qui voulurent persuader à ce Prince que le Maréchal de Berwick avoit été ravi de donner la bataille sans lui, & de lui en ravir la gloire : mais M. le Duc d'Orléans connoissoit qu'il avoit une justice à rendre, & c'est une chose qu'il savoit très bien faire ; il ne fe plaignit que de fon malheur.

M. le Duc d'Orléans, défefpéré, défolé de retourner fans avoir rien fait , propofe le fiege de Lérida. M. le Maréchal de Berwick , qui n'en étoit point du tout d'avis, expofa à M. le Duc d'Orléans fes raifons avec force ; il propofa même de confulter la Cour. Le fiege de Lérida fut réfolu. Dès ce moment M. le Duc de Berwick ne vit plus d'obftacles : il favoit que fi la prudence eft la premiere de toutes les vertus avant que d'entreprendre, elle n'eft que la feconde après que l'on a entrepris. Peut-être que s'il eût lui-même réfolu ce fiege, il auroit moins craint de le lever. M. le Duc d'Orléans finit la campagne avec gloire; & ce qui auroit infailliblement brouillé deux hommes communs, ne fit qu'unir ces deux-ci ; & je me souviens d'avoir entendu dire au Maréchal, que l'origine de la faveur qu'il avoit eue auprès de M. le Duc d'Orléans, étoit la campagne de 1707.

En 1708, M. le Maréchal de Berwick, d'abord destiné à commander l'armée du Dauphiné, fut envoyé sur le Rhin pour commander sous l'Electeur de Baviere. Il avoit fait tomber un projet de M. de Chamillart, dont l'incapacité consistoit sur-tout à ne point connoître son incapacité. Le Prince Eugene ayant quitté l'Allemagne pour aller en Flandre, M. le Maréchal de Berwick l'y suivit. Après la perte de la bataille d'Oudenarde, les ennemis firent le siege de Lille ; & pour lors

M. le Maréchal de Berwick joignit son armée à celle de M. de Vendôme. Il fallut des miracles sans nombre pour nous faire perdre Lille. M. le Duc de Vendôme étoit irrité contre M. le Maréchal de Berwick, qui avoit fait difficulté de servir sous lui. Depuis ce temps, aucun avis de M. le Maréchal de Berwick ne fut accepté par M. le Duc de Vendôme ; & son ame, si grande d'ailleurs, ne conserva plus qu'un reffentiment vif de l'efpece d'affront qu'il croyoit avoir reçu. M. le Duc de Bourgogne & le Roi, toujours partagés entre des propofitions contradictoires, ne favoient prendre d'autre parti que de déférer au fentiment de M. de Vendôme. Il fallut que le Roi envoyât à l'armée, pour concilier les Généraux, un Miniftre.

qui n'avoit point d'yeux : il fallut
que cette maladie de la nature hu-
maine , de ne pouvoir souffrir le
bien lorfqu'il eft fait par des gens
que l'on n'aime pas , infeftât pendant toute cette campagne le cœur
& l'efprit de M. le Duc de Vendôme : il fallut qu'un Lieutenant
Général eût affez de faveur à la
Cour pour pouvoir faire à l'armée
deux fottifes , l'une après l'autre,
qui feront mémorables dans tous les
temps, fa défaite & fa capitulation :
il fallut que le fiege de Bruxelles
eût été rejetté d'abord , & qu'il eût
été entrepris depuis ; que l'on réfo-
lût de garder en même temps l'Ef-
caut & le Canal , c'eft-à-dire, de ne
garder rien. Enfin, le procès entre
ces deux grands hommes exifte ; les
lettres écrites par le Roi , par M. le

K iv

Duc de Bourgogne, par M. le Duc de Vendôme, par M. le Duc de Berwick, par M. de Chamillart, exiſtent auſſi. On verra qui des deux manqua de ſang-froid, & j'oſerois peut-être même dire, de raiſon. A Dieu ne plaiſe que je veuille mettre en queſtion les qualités éminentes de M. le Duc de Vendôme! Si M. le Maréchal de Berwick revenoit au monde, il en ſeroit fâché: mais je dirai, dans cette occaſion, ce qu'Homere dit de Glaucus: Jupiter ôta la prudence à Glaucus, & il changea un bouclier d'or contre un bouclier d'airain. Ce bouclier d'or, M. de Vendôme, avant cette campagne, l'avoit toujours conſervé, & il le retrouva depuis.

En 1709 M. le Maréchal de Berwick fut envoyé pour couvrir les

frontieres de la Provence & du Dauphiné; & quoique M. de Chamillart,
qui affamoit tout, eût été déplacé,
il n'y avoit ni argent ni provifions
de guerre & de bouche; il fit fi bien
qu'il en trouva. Je me fouviens de
lui avoir ouï dire que dans fa dé-
treffe il enleva une voiture d'argent
qui alloit de Lyon au tréfor royal;
& il difoit à M. d'Angervilliers,
qui étoit fon Intendant dans ce
temps, que dans les regles ils auroient mérité tous deux qu'on leur
fît leur procès. M. Defmarais cria:
il répondit qu'il falloit faire fubfif-
ter une armée qui avoit le Royaume
à fauver.

M. le Maréchal de Berwick ima-
gina un plan de défenfe, tel qu'il
étoit impoffible de pénétrer en France, de quelque côté que ce fût,

K v

parcequ'il faisoit la corde, & que le
Duc de Savoie étoit obligé de faire
l'arc. Je me souviens qu'étant en
Piémont, les Officiers qui avoient
servi dans ce temps-là, donnoient
cette raison, comme les ayant toujours empêchés de pénétrer en France; ils faisoient l'éloge du Maréchal
de Berwick, & je ne le savois pas.

M. le Maréchal de Berwick, par
ce plan de défense, se trouva en état
de n'avoir besoin que d'une petite
armée, & d'envoyer au Roi vingt
bataillons : c'étoit un grand présent
dans ce temps-là.

Il y auroit bien de la sottise à moi
de juger de sa capacité pour la guerre,
c'est-à-dire, pour une chose que je
ne puis entendre. Cependant s'il
m'étoit permis de me hasarder, je
dirois que, comme chaque grand

homme, outre sa capacité générale, a encore un talent particulier dans lequel il excelle, & qui fait sa vertu distinctive ; je dirois que le talent particulier de M. le Maréchal de Berwick étoit de faire une guerre défensive, de relever des choses désespérées, & de bien connoître toutes les ressources que l'on peut avoir dans les malheurs. Il falloit bien qu'il sentît ses forces à cet égard. Je lui ai souvent entendu dire que la chose qu'il avoit toute sa vie le plus souhaitée, c'étoit d'avoir une bonne place à défendre.

La paix fut signée à Utrecht en 1713. Le Roi mourut le premier de Septembre 1715 : M. le Duc d'Orléans fut Régent du Royaume. M. le Maréchal de Berwick fut envoyé commander en Guienne. Me

K vj

permettra-t-on de dire que ce fut
un grand bonheur pour moi , puif-
que c'eft-là où je l'ai connu ?

Les tracafferies du Cardinal Al-
béroni firent naître la guerre que
M. le Maréchal de Berwick fit fur
les frontieres d'Efpagne. Le miniftere ayant changé par la mort de
M. le Duc d'Orléans, on lui ôta le
commandement de Guienne. Il par-
tagea fon temps entre la Cour, Paris & fa maifon de Fitz-James. Cela
me donnera lieu de parler de l'homme privé , & de donner, le plus
courtement que je pourrai, fon caractere.

Il n'a guere obtenu de graces fur
lefquelles il n'ait été prévenu : quand
il s'agiffoit de fes intérêts , il falloit
tout lui dire. . . . Son air froid, un
peu fec, & même quelquefois un

peu févere, faifoit que quelquefois
il auroit femblé un peu déplacé dans
notre nation, fi les grandes ames
& le mérite perfonnel avoient un
pays.

Il ne favoit jamais dire de ces
chofes qu'on appelle de jolies chofes. Il étoit fur-tout exempt de ces
fautes fans nombre que commettent
continuellement ceux qui s'aiment
trop eux-mêmes. . . . Il prenoit prefque toujours fon parti de lui-même :
s'il n'avoit pas trop bonne opinion
de lui, il n'avoit pas non plus de
méfiance; il fe regardoit, & fe con-
noiffoit avec le même bon fens qu'il
voyoit toutes les autres chofes. . . . .
Jamais perfonne n'a fu mieux éviter
les excès, ou, fi j'ofe me fervir de
ce terme, les pieges des vertus : par
exemple, il aimoit les Eccléfiafti-

ques; il s'accommodoit affez de la modeftie de leur état; il ne pouvoit fouffrir d'en être gouverné, fur-tout s'ils paffoient, dans la moindre chofe, la ligne de leurs devoirs: il exigeoit plus d'eux qu'ils n'auroient exigé de lui.... Il étoit impoffible de le voir & de ne pas aimer la vertu, tant on voyoit de tranquillité & de félicité dans fon ame, furtout quand on la comparoit aux paffions qui agitoient fes femblables.... J'ai vu de loin dans les Livres de Plutarque, que c'étoient les grands hommes: j'ai vu en lui de plus près ce qu'ils font. Je ne connois que fa vie privée: je n'ai point vu le héros, mais l'homme dont le héros eft parti.... Il aimoit fes amis: fa maniere étoit de rendre des fervices fans vous rien dire; c'étoit une main invifible

qui vous fervoit.... Il avoit un grand
fonds de religion. Jamais homme
n'a mieux fuivi ces loix de l'Evan-
gile, qui coûtent le plus aux gens
du monde : enfin, jamais homme
n'a tant pratiqué la Religion, & n'en
a fi peu parlé.... Il ne difoit jamais
de mal de perfonne ; auffi ne louoit-il
jamais les gens qu'il ne croyoit pas
dignes d'être loués.... Il haïffoit ces
difputes qui, fous prétexte de la
gloire de Dieu, ne font que des difputes perfonnelles. Les malheurs du
Roi fon pere lui avoient appris qu'on
s'expofe à faire de grandes fautes
lorfqu'on a trop de crédulité pour
les gens même dont le caractere eft
le plus refpectable.... Lorfqu'il fut
nommé Commandant en Guienne,
la réputation de fon férieux nous
effraya : mais à peine y fut-il arrivé,

qu'il y fut aimé de tout le monde, & qu'il n'y a pas de lieu où fes grandes qualités aient été plus admirées. . . .

Perfonne n'a donné un plus grand exemple du mépris que l'on doit faire de l'argent. . . . Il avoit une modeftie dans toutes fes dépenfes, qui auroit dû le rendre très à fon aife ; car il ne dépenfoit en aucune chofe frivole : cependant il étoit toujours arriéré, parceque, malgré fa frugalité naturelle, il dépenfoit beaucoup. Dans fes commandements, toutes les familles angloifes ou irlandoifes pauvres, qui avoient quelque relation avec quelqu'un de fa maifon, avoient une efpece de droit de s'introduire chez lui ; & il eft fingulier que cet homme, qui favoit mettre un fi grand ordre dans fon armée, qui avoit tant de justesse dans ses projets, perdît tout cela quand il s'agissoit de ses intérêts particuliers....

Il n'étoit point du nombre de ceux qui tantôt se plaignent des auteurs d'une disgrace, tantôt cherchent à les flatter; il alloit à celui dont il avoit sujet de se plaindre, lui disoit les sentiments de son cœur, après quoi il ne disoit rien....

Jamais rien n'a mieux représenté cet état où l'on sait que se trouva la France à la mort de M. de Turenne. Je me souviens du moment où cette nouvelle arriva: la consternation fut générale. Tous deux ils avoient laissé des desseins interrompus; tous les deux une armée en péril; tous les deux finirent d'une mort qui intéresse plus que les morts communes:

tous les deux avoient ce mérite mo-
deste pour lequel on aime à s'attendrir, & que l'on aime à regretter...

Il laissa une femme tendre, qui
a passé le reste de sa vie dans les regrets, & des enfants qui, par leur
vertu, font mieux que moi l'éloge
de leur pere.

M. le Maréchal de Berwick a écrit
ses Mémoires; &, à cet égard, ce
que j'ai dit dans l'Esprit des Loix
sur la relation d'Hannon, je puis le
dire ici. *C'est un beau morceau de
l'antiquité que la relation d'Hannon: le même homme qui a exécuté,
a écrit. Il ne met aucune ostenta-
tion dans ses récits : les grands Ca-
pitaines écrivent leurs actions avec
simplicité, parcequ'ils sont plus
glorieux de ce qu'ils ont fait que
de ce qu'ils ont dit.*

Les grands hommes font plus
foumis que les autres à un examen
rigoureux de leur conduite : chacun
aime à les appeller devant fon petit
tribunal. Les foldats Romains ne
faifoient-ils pas de fanglantes rail-
leries autour du char de la victoire ?
Ils croyoient triompher, même des
triomphateurs : mais c'eft une belle
chofe pour le Maréchal de Berwick, que les deux objections qu'on
lui a faites ne foient uniquement
fondées que fur fon amour pour fes
devoirs.

L'objection qu'on lui a faite, de
ce qu'il n'avoit pas été de l'expédi-
tion d'Ecoffe, en 1715, n'eft fon-
dée que fur ce qu'on veut toujours
regarder le Maréchal de Berwick
comme un homme fans patrie, &
qu'on ne veut pas fe mettre dans

l'efprit qu'il étoit François. Devenu
François, du confentement de fes
premiers maîtres, il fuivit les ordres
de Louis XIV, & enfuite ceux du
Régent de France. Il fallut faire
taire fon cœur & fuivre les grands
principes : il vit qu'il n'étoit plus à
lui : il vit qu'il n'étoit plus queftion
de fe déterminer fur ce qui étoit le
bien convenable, mais fur ce qui
étoit le bien néceffaire : il fut qu'il
feroit jugé, il méprifa les jugements
injuftes. Ni la faveur populaire, ni la
maniere de penfer de ceux qui pen-
fent peu, ne le déterminerent.

Les anciens, qui ont traité des
devoirs, ne trouvent pas que la
grande difficulté foit de les connoître, mais de choifir entre deux
devoirs. Il fuivit le devoir le plus
fort, comme le deftin. Ce font des

matieres qu'on ne traite jamais que
lorfqu'on eft obligé de les traiter,
parcequ'il n'y a rien dans le monde
de plus refpeactable qu'un Prince
malheureux. Dépouillons la queftion: elle confifte à favoir fi le Prince, même rétabli, auroit été en
droit de le rappeller. Tout ce que
l'on peut dire de plus fort, c'eft que
la patrie n'abandonne jamais: mais
cela même n'étoit pas le cas; il étoit
profcrit par fa patrie lorfqu'il fe fit na-
turalifer. Grotius, Puffendorf, toutes les voix par lefquelles l'Europe
a parlé, décidoient la queftion, &
lui déclaroient qu'il étoit François,
& foumis aux loix de la France. La
France avoit mis pour lors la paix
pour fondement de fon fyftême po-
litique. Quelle contradiction, fi un
Pair du Royaume, un Maréchal de

France, un Gouverneur de Province avoit défobéi à la défenfe de fortir du Royaume, c'eft-à-dire, avoit dé-fobéi réellement pour paroître aux yeux des Anglois feuls n'avoir pas défobéi! En effet, le Maréchal de Berwick étoit, par fes dignités mê-mes, dans des circonftances particu-lieres; & on ne pouvoit guere dif-tinguer fa préfence en Ecoffe, d'a-vec une déclaration de guerre avec l'Angleterre. La France jugeoit qu'il n'étoit point de fon intérêt que cette guerre fe fît; qu'il en réfulteroit une guerre qui embraferoit toute l'Europe. Comment pouvoit-il pren-dre fur lui le poids immenfe d'une démarche pareille? On peut dire même que s'il n'eût confulté que l'ambition, quelle plus grande am-bition pouvoit-il avoir que le rétabliffement de la Maifon de Stuart fur le trône d'Angleterre? On fait combien il aimoit fes enfants. Quelles délices pour fon cœur, s'il avoit pu prévoir un troifieme établiffement en Angleterre!

S'il avoit été confulté pour l'entreprife même dans les circonftances d'alors, il n'en auroit pas été d'avis; il croyoit que ces fortes d'entreprifes étoient de la nature de toutes les autres, qui doivent être réglées par la prudence, & qu'en ce cas, une entreprife manquée a deux fortes de mauvais fuccès; le malheur préfent, & une plus grande difficulté pour entreprendre de réuffir à l'avenir,

FIN,

ERRATA.

PAGE 7, ligne 3, fangots; *lifez*, fanglots.

Page 12, ligne 16, que fa mort feroit infailliblement fuivie de mon refus; *lifez*, que mon refus
feroit infailliblement fuivi de fa mort.

Page 59, ligne 15, trouvâmes; *lifez*, retrouvâmes.

Page 65, ligne 10, préfentoit; *lifez*, préfenteroit.

Page 84, ligne 5, de belles; *lifez*, les belles.

Page 102, ligne 10, je ne fuis; *lifez*, je ne le fuis.

Page 107, ligne 16, joignez-vous avec moi; *lifez*, joignez-vous à moi.

Page 124, ligne 7, de fon tribunal; *lifez*, fur fon
tribunal.

Page 130, ligne 4, emprunté; *lifez*, emporté.

Page 132, ligne 11, nous; *lifez*, vous.

Page 170, ligne 12, la chofe; *lifez*, la chofe même.

Page 188, ligne 4, peintures; *lifez*, peintres.

Page 192, ligne 2, Satirique; *lifez*, Satrique.

Page 203, ligne 9, les deux grandes; *lifez*, les
deux plus grandes.

Page 211, ligne 14, Mademoifelle de Bulkeley;
ajoutez, fille de Madame de Bulkeley.

Page 225, ligne 12, les regles; *lifez*, la regle.

Page 230, ligne 14, que c'étoient; *lifez*, ce qu'é-
toient.

www.ingramcontent.com/pod-product-compliance
Lightning Source LLC
Chambersburg PA
CBHW061437030726
47503CB00005B/1452